让孩子受益一生的励志故事

名人成长故事

科学家卷

袁建财 主编

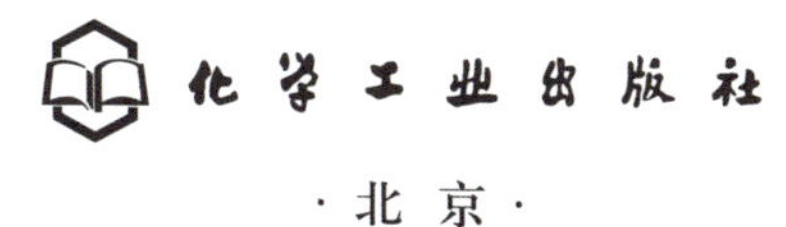

·北京·

这是集结了古今中外著名科学家的一本书！

这是由 100 个生动、有趣却意义非凡的小故事组成的一本书！

这是让你在名人故事中找到成功之路的一本书！

……

如果你想知道科学家们是怎样从细节中获得成功、怎样得到全世界认可的，就快来看看这本书吧，在这里你会找到一直苦苦追寻的成功秘诀！

图书在版编目（CIP）数据

名人成长故事. 科学家卷 / 袁建财主编. —北京：化学工业出版社，2020.1

（让孩子受益一生的励志故事）

ISBN 978-7-122-34314-7

Ⅰ. ①名… Ⅱ. ①袁… Ⅲ. ①儿童故事－作品集－世界 Ⅳ. ① I18

中国版本图书馆 CIP 数据核字（2019）第 069520 号

责任编辑：刘 丹

责任校对：边 涛

装帧设计：水长流文化

出版发行：化学工业出版社（北京市东城区青年湖南街 13 号 邮政编码 100011）

印　　刷：三河市航远印刷有限公司

装　　订：三河市宇新装订厂

710mm × 1000mm 1/16 印张 13 ¼ 字数 199 千字 2020 年 1 月北京第 1 版第 1 次印刷

购书咨询：010-64518888 售后服务：010-64518899

网　　址：http://www.cip.com.cn

凡购买本书，如有缺损质量问题，本社销售中心负责调换。

定 价：35.00 元

本书编委会

主　　编　袁建财

参编人员　曹烈英　王春霞　王勇强
徐巧丽　杨辉雄　于福莲
于富强　于富荣　于国锋
于佳欣　郅　丽　周　婷

前言

在物理学、化学、数学、生物学等科学领域，曾经涌现出许许多多伟大的科学家，他们不但在科学上完成了光彩的业绩，推动了人类的进步，还在学习、生活和思想上为我们树立了榜样。

年仅十六岁的郭守敬花了半个月的时间，仔细研究莲花漏的图纸，终于将莲花漏实体做了出来，并且郭守敬不断改进，把莲花漏指示时间的偏差降到了最低；侯德榜怀着满腔爱国热情投身制碱工业，数十年如一日地努力坚持，终于实现了科学技术的伟大突破；富兰克林勇于探索科学奥秘，他不顾生命危险，在雷雨天冒着极大的风险追逐闪电，最终发明了避雷针；居里夫人在极其艰苦的条件下从事研究工作，为了提炼出放射性元素镭，每天连续几小时用一根粗大的铁棒搅动沸腾的材料，只为从中提取含量仅为百万分之一的微量物质……

阅读这些科学家的成功故事，我们能深切地感受到科学之路是多么曲折和艰辛，而科学巨匠们为了探索真理、破解疑问、求得真知，往往要付出常人难以想象的代价，但他们却从来都不会有怨言。对科学的热爱让他们时刻保持着奋斗的激情，也让他们能够从零开始，一步一步走向成功。他们勇敢无畏，面对困难从来都不会逃避后退；他们好学不辍，不把一个问题弄清楚决不罢休；他们谦逊踏实，把所有的精力都放在科学研究上，却不会去追求浮名和金钱，而这也是他们让人深深敬佩的原因。

今天我们可以站在这些伟人的肩膀上，学习他们总结出的科学经验，享受他们的发明带来的便利，是多么幸运。我们在感谢伟人的贡献的同时，更应当坚定果断地追寻伟人的脚步，效仿他们的做法，去努力克服自己在生活和学习中遇到的困难，并用他们的精神鼓舞自己勇攀科学高峰，成长为真正对社会有用的人才。

编者

目录

1 改进造纸术

蔡伦

蔡伦（约62—121），字敬仲，汉族，东汉桂阳郡人。他总结了人们以往的造纸经验，革新了造纸工艺，制成了“蔡侯纸”，他也因此被称为“人类有史以来的最佳发明家”之一，还被纸工奉为造纸鼻祖、“纸神”。

中国古代在蔡伦改进造纸术之前，古人曾将记录文字写在竹简上，就是将竹子削成平整的长方形片状，然后用绳子将这些竹片连接起来，这样就可以在上面写字了。不过这种竹简既沉又大，携带起来非常不方便。据说此前皇帝批阅用竹简书写的奏章时，需要有两个壮汉专门负责搬运这些奏折，而且皇帝就算再勤快，一天能够批阅的竹简也不会超过百斤重。

后来，人们又研究出了一种更轻便、易于携带的“帛书”，这种“帛书”

就是将文字写在丝绸之类的布帛上。虽然“帛书”比竹简轻便多了，但造价更高，寻常百姓是用不起的。

西汉时期，有一些工人开始制造最早的纸，这种纸是将草和麻的纤维经过挤压、粘连等简单的工艺后制成的，它的质地非常粗糙，制作也不太方便，无法大量生产。到了东汉时，蔡伦总结了前人造纸的经验，想要研究出一整套完善的造纸技术，但他首先需要找到最合适的造纸材料。

有一天，蔡伦在田野里漫步，走累了，便倚靠一棵大树休息。这时他注意到这棵大树的一段树皮脱落了，随手捡起树皮后，他发现树皮的纹理利于书写。于是，他开始试验用树皮做造纸的原料，发现效果不错。

后来，他又在树皮中加入碎布、渔网等原料，先是将它们放在大水池里浸泡，待杂质腐烂后，就会留下纤维。然后再将这些纤维放入石臼中不停地搅拌，直到它们变成一种浆状物，之后再把纸浆均匀地摊在篾席上，放在太阳地里晒干，就造出了轻薄、光滑、洁白的纸张。这种纸便宜易得，又便于书写，很快就传遍了全国。后来，蔡伦被封为龙亭侯，所以人们都称它是“蔡侯纸”。

故事启发

创造是什么？创造，其实是对现状的一种改进。从笨重粗糙的竹简书，到轻柔而昂贵的帛书、锦书，再到“蔡侯纸”，每一步都是一次创造和革新，而引导这些创造和革新的就是人们永不满足、追求卓越的精神。因为对现状不够满意，才要给自己制订更高的目标，然后不断改进细节，力求达到完美，这个过程虽然很艰难也很辛苦，但必定会给我们带来丰厚的回报。

辨证施治

张仲景

张仲景（150~154—215~219），原名张机，字仲景，汉族，生于南阳郡涅阳县（今河南省邓州市穰东镇张寨村）。他是东汉末年著名的医学家，被后世奉为“医圣”。他毕生钻研医学，写出的著作《伤寒杂病论》是中国医学史上影响巨大的古典医著之一，也是我国第一部临床治疗学方面的巨著。书中记载了大量有效的方剂，发展并确立了中医辨证施治的基本法则，成为指导后世医家临床实践的基本准绳。

张仲景曾在长沙担任太守，每月初一、十五这两天，他会让衙役打开衙门，但却不理官司，而是为老百姓免费看病，他还把这种做法称为“坐堂行医”。

这天，又到了坐堂行医的日子。一大早，就有两个病人同时来找张仲景看病，两个人都说自己有发烧、咳嗽、鼻塞、头痛的症状。张仲景对二人进行了一番询问，得知二人昨天都在街上淋了雨，之后他又替二人各自把了脉，确定他们是患了感冒，便给他们开了同样剂量的发汗解热的麻黄汤，嘱咐他们拿回去服用。

张仲景以为病人服药后就会康复，谁知第二天一个病人的家属慌慌张张地找上门来，说病人服药后虽然出了一身大汗，但病情非但没有减轻，反而比之前更加严重了。

张仲景听后心头一惊："难道是我的诊断出了错吗？"随后，他赶紧跑到另一个病人家里去探望，却看到病人神清气爽，说自己在发汗后就觉得很舒服，现在病已经好得差不多了。张仲景十分纳闷：为什么对一个人有用的药物对另一个人却无效呢？他们的症状明明是相同的啊！

他又仔细回忆了昨天诊治时的情形，忽然想起在给两人诊脉时，一人腕上无汗，另一人腕上却有细小的汗珠，而且脉搏也相对要弱一些。他一拍脑门，自言自语道："对啊！病人本来就有汗，再服下发汗的药，不就更加虚弱了吗？这样不但治不好病，反而会让病人更加难受，这都得怪我在诊断时不够仔细，忽略了这一点细小的差别，才会让病人白白受罪啊！"随后，他赶紧给病情加重的病人重新开方抓药，病人服药之后，很快便康复了。

通过这件事，张仲景意识到在治疗时不能过于武断，要仔细查明不同的表征，然后采取不同的治疗方法，这就是他后来提倡的"辨证施治"的诊疗方法。在实行辨证施治后，他的医术大大提高了，治愈的病人更多，也得到了更多人的敬重。

故事启发

张仲景在治疗病人的时候，因为忽略了一个不起眼的小细节，开错了药方，导致病人服用药剂后病情加重，幸好他后来回忆起了这个细节，对症下药，才使病人得到了救治。这也提醒了我们，平时做任何事的时候，都不能犯经验主义的错误，要根据当时的实际情况选择解决问题的办法，而且一定要提醒自己细心，做到细心一些，才能避免因为小细节处理不当而引发大错误。

3 太守养羊

贾思勰

贾思勰（生卒年不详），汉族，北魏益都（今属山东省青州市）人。他是中国古代杰出的农学家，建立了较完整的农学体系，规范了耕作措施，并推进了动物养殖技术的发展。他总结了自己亲自参加农业生产劳动和放牧活动的体验，再将前人典籍和农书中的许多知识加以分析、整理，写成了农业科学技术巨著《齐民要术》，这本书是我国乃至世界上保存下来的最早的一部农业百科全书。

贾思勰当过太守，但是他更喜欢研究农业知识，而且愿意亲自去尝试，不但常常下田耕种，还和农户一起牧羊。有一次，他听当地的农夫们说自己养的羊总是会莫名其妙地死去，这件事情引起了他的注意。

为了研究清楚这究竟是怎么回事，贾思勰买了二百头羊，自己亲自去养，还进行了细致的观测和记录。谁知没过多久，羊就死了一半。贾思勰很着急，便认认真真地回顾饲养情况，终于弄清楚原因，原来是自己不知道羊的食量，喂的草料太少，才导致很多羊被饿死了。

为了让羊多吃草、多长膘，贾思勰就在羊圈里放了许多草料。没想到羊还是一头一头地死去，这次又是什么原因呢？贾思勰怎么也想不明白。

后来，贾思勰听闻百里之外有一个十分擅长养羊的老羊倌，便不辞辛苦地跑去请教。老羊倌在仔细询问了贾思勰养羊的情况后，告诉他，羊是很爱干净的动物，如果把大量草料随便地堆在圈里，羊在上面边吃边踩，还将粪便拉在没有吃完的草料上，就会让草料变得非常脏，那些爱干净的羊就不会再去吃了。所以虽然放进去的草料很多，但还是有羊吃不饱，就会慢慢地饿死。

贾思勰恍然大悟，他真诚地感谢了老羊倌，又在老羊倌家里住了几天，向老羊倌请教了一些养羊的技术。回家后，他按照这些方法养羊，效果果然不错。之后，他把自己养羊的经验记录下来，总结出一套养羊的办法，并传授给当地的农户，大大提高了农户所养的羊的存活率。

故事启发

贾思勰最初不懂养羊的技术，摸着石头过河，结果却出了不少问题，他的故事提醒我们：做事情先要掌握正确的方法，不能想当然地去做，否则难免会出问题。当然，贾思勰不耻下问，并重视从实践中获得经验的做法也是值得我们学习的。如果我们想在某个领域有建树，就可以多和那些有经验的人接触，可以细心观察他们好的做法，也可以直接请教，再将学到的经验运用于实践中，如此日复一日、年复一年，我们自己也终将成为这个领域的优秀人才。

创制大明历

祖冲之

祖冲之（429—500），字文远，汉族，出生于建康（今江苏省南京市），祖籍范阳郡遒县（今河北省涞水县）。他是我国杰出的数学家、天文学家、地质学家和文学家。他编制的大明历第一次将“岁差”引进历法，提出在391年中设置144个闰月，推算出一回归年的长度为365．24281481日；他还第一次将圆周率（π）值计算到小数点后七位，有些外国数学史家因此建议把圆周率π叫作“祖率”；他还提出约率22/7和密率355/113，比欧洲早一千多年。另外，他还是一位杰出的机械专家，重新造出了早已失传的指南车、千里船等巧妙机械。

祖冲之热衷于研究天文历法，每天只要有时间，就会用心观测太阳和星球运行的情况。他进入专门研究学术的“华林学省”工作后，更是专心研究起了天文和数学。

祖冲之发现当时通用的历法元嘉历有很多错误，给人们的日常使用带来了很多不便。他就根据自己长期观察的结果，创制了一种新的历法，取名为大明历。即使以今天的标准来衡量，大明历也是十分精确的，它测定的每一回归年的天数与现代科学测定的结果相差只有五十秒，而月亮环行一周所用的天数和现代科学测定的结果相差不到一秒。

祖冲之向皇帝汇报了这个好消息，希望皇帝能够允许采用新历法。可是很多大臣都提出了反对意见，说祖冲之离经叛道、不尊先贤。祖冲之很不服气，拿出了自己推算的数据，展示给众人看，还大胆地说：“你们谁说我的大明历不好，就拿出确凿的证据来！”那些大臣无力辩驳，只能强词夺理：“不能随意改变祖宗的历法，否则会出大乱子！”祖冲之不肯屈服，又和这些人展开了旷日持久的论战。最终，皇帝被祖冲之说服了，同意在大明九年（公元465年）改行大明历。

祖冲之高兴极了，觉得自己的辛苦没有白费。然而，就在大明历推行前一年，皇帝突然病死了，皇室内部陷入了争权夺位的混乱中，大明历也被暂时搁置了。祖冲之虽然失望，却也没有办法，只好暂时放下了大明历，又开始研究新的科学问题。

祖冲之去世后，他的儿子祖暅多次向新皇请求推行大明历，为了说服新皇，祖暅还用大明历推算出了下一次日食的时间，结果日食真在那个时间发生了，大家都觉得十分神奇，新皇也对大明历赞不绝口。就这样，在祖冲之去世十年后，大明历终于得到了正式推行。

故事启发

祖冲之之所以能够成为一位伟大的天文学家，就在于他有一种极其严谨的科学态度，这种态度使他能够做到认真计算、细致研究、精确观测、谨慎结论。更为可贵的是，他虽然重视古人的研究成果，但不会完全迷信古人，这才使他取得了许多极有价值的科研成就。我们在学习中也要有这种严谨的态度，要对自己不清楚的细节进行深入的研究，同时也要有一种敢于怀疑的精神，要大胆地提出自己的观点，并小心地验证它，这样才能够得到正确的结论，并能够让自己不断进步。

5 “起死回生”之术 孙思邈

孙思邈（581—682），汉族，京兆华原（今陕西省铜川市耀州区）人。他是唐代著名的医学家、药物学家，自幼立志从医，对医学和诊治颇有研究。后因朝局不安，隐居于太白山，研究医学和药物学，并撰写了医学著作《千金要方》和《千金翼方》，这两部著作被誉为中国古代的医学百科全书；他医术高超，擅长妇幼保健，著有《妇人方》三卷、《少小婴孺方》二卷；他对针灸也颇有研究，还著有《明堂针灸图》。后世称孙思邈为“药王”，对他推崇备至。

孙思邈医德高尚，经常四处游历，免费给老百姓看病。有一天，他来到了耀州的五台山（今耀州区药王山）下，正在路上行走的时候，忽然看到了一支送葬的队伍。孙思邈见那些人哭得伤心，便也感叹道：“唉！又有一条生命消

逝了。”

当那支队伍跟他擦肩而过的时候，孙思邈无意中看了一眼棺材，却发现有血正从棺材里一滴滴地淌下来。队伍走过的地方，已经出现了一条长长的血线。孙思邈上前仔细一看，见那血滴竟是鲜红色的，而不是暗红色，不禁大吃一惊。他急忙拦住送葬的人群，说道：“快将棺材放下来，里边的人还有救！”

众人听后十分惊讶，面面相觑，既希望孙思邈说的是真话，又有些难以置信。而且人已经封入了棺材，贸然开棺在当时可是很不吉利的事情，所以谁都不敢动手。

孙思邈自然明白大家的心思，便反复劝说，讲明了自己判断的依据：血滴是鲜血，不是陈血。他还希望主人家让他开棺一试，给棺内人一个“活过来”的机会。终于，他得到了主人家的同意。

大家把棺材抬到一棵大树下，开棺后，孙思邈看到里面是一个难产而死的妇女。他想了想，拿出了银针，先是对“尸体”进行了一番按摩，然后又在其心窝处扎了一针。不一会儿，就见棺内的妇人轻轻哼了一声，竟真的苏醒了过来。看到此情此景，送葬的人群又惊又喜，连连夸奖孙思邈是“起死回生”的神医。

孙思邈又继续救治那名妇女，没过多久，妇女就顺利产下一个儿子。丧事就这样变成了喜事，大家纷纷感谢孙思邈的恩德。这件富有传奇性的事迹也被传扬开来，老百姓对孙思邈更加崇拜了。

故事启发

孙思邈不但医术高超，还心细如发，能够洞察秋毫，因此才能够在擦肩而过时注意到血液颜色这样的小细节，并能够抓住时机救活假死的病人。我们也应当关注细节，要发人之未发、察人之未察，通过自己细致入微的观察去发现线索，解决一些别人解决不了的重大问题。

6 发明活字印刷术

毕昇

毕昇（？—约1051），汉族，湖北蕲州蕲水县直河乡（今湖北省黄冈市英山县）人。他是北宋时期的发明家，发明了“古代中国四大发明”中的活字印刷术，比德国人谷登堡发明金属活字印刷要早四百多年。

在毕昇发明活字印刷术之前，人们想要印制书籍，使用的是雕版印刷。所谓的雕版印刷就是在一定厚度的平滑木板上粘贴抄写工整的书稿，再由雕刻工人用刻刀把版面没有字迹的部分削去，就成了字体凸出的模具。然后在模具凸起的字体上涂上墨汁，再把纸覆在它的上面，轻轻拂拭纸背，字迹就留在纸上了。

毕昇曾经在印刷铺当过学徒，也使用这种印刷方式。但是时间长了，毕昇发现雕版印刷在使用的时候有很多不方便的地方。比如，刻板的工作不但很费时间，还费工费料，一本书印完了，再印下一本的时候，就要重新雕一次版；另外，如果印制的过程中发现了错字，也不容易更正。于是毕昇就想改良这种印刷方式，却苦于没有好的办法。

一天，毕昇看到两个小孩在家门前玩“过家家”的游戏，他们用泥做成了锅、碗、桌、椅、猪、人，随心所欲地排来排去。看到这里，毕昇眼前一亮，他想，如果用泥刻成单字印章，在印刷的时候再根据文章的内容随意排列，就会方便得多。

于是，毕昇用胶泥做成一个个规格一致的毛坯，在一端刻上反体单字，字划突起的高度像铜钱边缘的厚度一样，再用火将毛坯烧硬，就成了单个的胶泥活字。排字的时候，他用一块带框的铁板作底托，上面敷一层用松脂、蜡和纸灰混合制成的药剂，然后把需要的胶泥活字拣出来，依次排进框内。排满一框就成为一版，再用火烘烤，等药剂稍微熔化后，用一块平板把字面压平，待药剂冷却凝固后，就成为版型。等到正式印刷的时候，只要在版型上刷上墨、覆上纸，再施加一定的压力，字形就会留在纸上了。这就是毕昇的活字印刷术，因为每次做的胶泥活字下次还能使用，这大大地方便了排字工人，同时也将印刷的效率提升了好几倍。

故事启发

毕昇能够从小孩子玩的游戏中悟到改良印刷技术的好方法，这一方面说明他是一个有心人，一直将发明新印刷技术的问题放在心上，时刻想着如何改良现有的印刷方法；另一方面，毕昇也是一个有悟性的人，他能够做到触类旁通，获得启发。我们也要重视培养自己的悟性，要善于抓住事物之间的联系，学会由此及彼、由小见大，才能产生富有智慧的见解，并能够让自己的认识水平不断得以提升。

登山验证诗句

沈括

沈括（1031—1095），字存中，号梦溪丈人，汉族，杭州钱塘县（今浙江省杭州市）人。他是北宋卓越的科学家、改革家、政治家。他精研天文，所提倡的新历法与今天的阳历相似；他记录了指南针的原理及多种制作方法；他发现了地磁偏角的存在，比欧洲早了四百多年；他又研究阐述了凹面镜成像的原理，还对共振等规律加以研究；在地质学方面，他首先提出了石油的命名，并对冲积平原形成、水的侵蚀作用等颇有研究；在数学、物理、化学等方面，他也取得了很多成就，他的代表作《梦溪笔谈》更是集前代科学成就之大成，被称为“中国科学史上的里程碑”。为了纪念他，中国科学院紫金山天文台将1964年发现的一颗小行星命名为“沈括星”。

沈括的母亲许氏出生于士大夫家庭，性情温柔，知书达理，沈括在母亲的教导下，养成了热爱读书和思考的好习惯。

一天，沈括学会了白居易的《大林寺桃花》一诗，就背给母亲听，可是他刚背完“人间四月芳菲尽，山寺桃花始盛开”一句便顿住了，陷入了思考之中，眉头皱成了一个小疙瘩。

“怎么？忘记了后边的句子吗？”母亲问道。

“没有，这首诗我早已记熟，只是有一件事情想不明白，为什么四月的时候我们这里的花都开败了，而山上的桃花才开始盛开呢？”

对于儿子喜欢刨根问底的脾气，母亲自然很了解，但一时间又无法给儿子一个确切的答案，只得笑了笑，嘱咐他道：“别背了，今儿天气这么好，和小伙伴们出去玩一会儿吧！”

沈括嘴上答应着，心里却在想：“不行，我一定要将这个问题弄清楚。”

当时正值暮春四月，而诗中描写的也正是这个时候的事情，沈括便邀上几个小伙伴向城郊的山上走去，想要看看诗人描述的情景是否属实。

待他们爬上山峰后，果然看到山上一座寺庙里的桃花开得正艳。看来诗人说的是对的，可沈括又产生了新的疑问：“到底是什么原因可以让山上的桃花久开不败呢？”正在他沉思之际，一阵冷风吹过，他不禁打了个寒战，与此同时，他也忽然想到了答案：山越高，温度就越低，温度越低，春天就来得越迟，花开得也就越晚。所以，这里的桃花才会比山下的桃花凋谢得晚啊！

问题解决了，沈括这才满意地下山去了。他把这件事告诉了母亲，母亲忍不住笑了，还说他身上有一股“犟”劲。沈括的童年和少年时代就伴随着这样的“犟”劲度过，也正是凭借着这种执着求索的精神，沈括才写出了《梦溪笔谈》，成为一名伟大的科学家。

故事启发

年幼的沈括是一个勤于发问、善于钻研的孩子，他在读书的同时也在进行着积极的思考，产生了疑问就努力去寻找答案，为了解开谜团，他还爬山去寻找事实，不达目的决不罢休。我们在生活中，遇到了想不明白的问题，也要有这种一探究竟的精神，才能丰富自己的知识“库存”，并能够不断提升自己在各方面的能力。

巧制“莲花漏” 郭守敬

郭守敬（1231—1316），字若思，汉族，顺德府邢台县（今河北省邢台市）人。他是元朝著名的天文学家、数学家、水利专家和仪器制造专家。1276年郭守敬开始修订新历法，经4年时间制订出“授时历”，它是当时世界上最先进的一种历法，被沿用了360多年。为了编历，郭守敬还创制和改进了简仪、高表、候极仪、浑天象、证理仪、仰仪、窥几等十几件天文仪器仪表，并在全国设立了二十七个观测站，进行了大规模的“四海测量”；他还编撰了《推步》《立成》《仪象法式》《历议拟稿》《上中下三历注式》《修历源流》等十四种天文历法著作。为纪念他的功绩，国际天文学会将月球背面的一座环形山命名为“郭守敬环形山”，国际小行星中心则将“小行星2012”命名为“郭守敬星”。

郭守敬从小就喜欢自己动手制作各种器具。十六岁那年，他得到了一幅“莲花漏图”。郭守敬知道莲花漏是北宋科学家燕肃在古代漏壶的基础上改进创制的一种计时器，它的整体由好几个部分配置而成，上面有几个漏水的水壶，水壶往下均匀地漏水，就能根据下边壶里漏出的水量计算时间了。据说莲花漏设计非常精巧，计时结果也很准确，可惜由于连年战乱，这种计时器已经失传了。郭守敬仔细端详着这幅图，心想：我一定要把莲花漏重新制作出来。

不过，莲花漏的工作原理并不简单。从图上看，它的构造也是非常复杂的。为了成功将它仿制出来，郭守敬对图样做了精细的研究，一点一点仔细琢磨，花了半个月的时间，才摸清了制作方法的“门道”。由于他一门心思制作莲花漏，连吃饭、睡觉都顾不上，整个人都变得很消瘦。

经过一番努力之后，郭守敬终于把莲花漏做出来了。可是他对最初的作品不太满意，他不能允许莲花漏出现一点偏差和不足，于是又细心地进行了改进，以保证几个水壶的水面高度配置能保持不变，这样往下漏水的速度才能够保持均匀。

又过了一个月，郭守敬完成了改进工作，莲花漏指示时间的偏差也降到了最低。他把这件作品拿出来展示给别人看，大家都夸他聪明，还说他日后一定会有大成就。

故事启发

仅仅依靠一幅图，就想做出一模一样的器具来，这对于成年学者来说都非易事，但年仅十六岁的郭守敬却能够将制作原理和细节一一弄清，并制出了精良准确的莲花漏，这足以证明他是一个刻苦、细心、耐心的少年。没有人能够随随便便成功，我们只有像郭守敬这样刻苦认真，不放过任何细节，耐心下功夫钻研，才能够做到自己想做的事情。

9 研究小孔成像

赵友钦

赵友钦（生卒年不详），字子恭，自号缘督，汉族，江西鄱阳（今江西省鄱阳县）人。他是中国古代著名的实验物理学家，在天文学、地理学、数学等方面也都有建树。他一生著述众多，但多已散失，只余下一部探究天地四时变化规律的著作《革象新书》，其中在小孔成像方面得出的定律比西方早400多年。

赵友钦既重视研究理论，又重视亲身实验。有一段时间，他想要研究“小罅光景”（也就是我们今天所说的“小孔成像”）问题。因为他发现了一个奇怪的现象：墙壁上的小孔虽然不是圆形的，可是日光、月光通过小孔，在墙壁上投射的“像”却是圆形的。某次日食的时候，小孔成像又和日食本身的样子相同。赵友钦把那个小孔改成大孔，发现光线投射形成的“像”大小没有变化，只是浓淡（光的照度）有不同，孔越大像就越“浓”。

赵友钦想进行深入的探究，他模拟日食、月食环境，在自己住的两层楼房里做了一个大型的实验。他首先在楼下两个相邻的房间里各挖了一口直径为4尺的旱井，左边的旱井深8尺，右边的深4尺。在左边的那口井里，他放了一张高为4尺的桌子。桌面和右边那口井的井底分别放置了两块直径为4尺的圆形木板，每块板上插着1000支蜡烛作为光源。井口则分别覆盖上两块直径为5尺的圆木板，左边的那块板中心开了个边长为1寸的方孔，右边那块板的孔较小，边长只有半寸。另外，他还准备了几块像屏，挂在了楼板下面。

在正式开始实验的时候，赵友钦点燃了蜡烛，光线通过小孔投射到像屏上，出现了大小、浓淡不同的像。之后他或是熄灭部分蜡烛，改变光源的强度；或是改变像屏的高度，增加或减少“像距”；或是拿掉井中的桌子，改变“物距”……如此连续进行了一系列的实验后，他得出了正确的理论，并自信地说：“我的结论断无可疑！”他当然不是在说大话，他用科学严谨的实验证明了光的直线传播，还阐明了小孔成像的原理，这在当时的世界上是绝无仅有的。

故事启发

赵友钦依靠自己的聪明才智设计了一整套实验器材、方法和流程，他的创造力和科学探索精神令人惊叹。创造力是科学得以不断进步的动力，它需要我们发挥自己的创造力和创新精神，去创造性地提出问题、解决问题，如此才能发现未被人类掌握的新知识。

刨根问底制陶器　宋应星

宋应星（1587—1666），字长庚，汉族，江西奉新（今江西省奉新县）人。他是明朝著名的科学家，一生致力于农业、手工业生产的科学考察和研究工作，写出了著名的《天工开物》，其中收录了农业、机械、纺织、制盐、采煤、榨油等方面的生产技术，这本书也被外国学者誉为“中国17世纪的工艺百科全书”。除此之外，宋应星还著有《野议》《论气》《谈天》《思怜诗》《画音归正》《卮言十种》等书稿，但现在大部分已遗失。

宋应星一向喜欢研究工艺技术，对自己不了解的制品总是充满了兴趣。有一次，他和几个朋友到一户人家去做客。主人喜欢收藏器物，家中摆放着许多大小、形状、颜色、图案各异的花瓶和器皿。

宋应星一进门就被这些花瓶吸引了。他忙问主人：“这些花瓶是用什么材料制成的？”主人回答道：“都是陶土制成的。”

“那它们又是怎样从陶土变成了这样形态各异的花瓶、器皿的呢？”宋应星更加感兴趣了，缠着主人问个不停。

同来的几个朋友都被宋应星的刨根问底弄得很无奈，便摇着头对他说：“这些制造花瓶的方法不过是雕虫小技，不足挂齿。我们身为读书人，应该多学些学问，制陶这种事情根本不值得我们去研究。”接着，朋友们就想把话题引向别处。可宋应星却没有就此罢休，他对朋友们说：“这些花瓶和器皿都是我们日常生活中常用的东西，对于常见之物我们都不明白它是怎么被制作出来的，那怎么行呢？只能说明我们很无知啊！”朋友们劝不动他，也只好由着他去研究了。

从那以后，宋应星就一直专注于研究这个问题，他到处查找资料，还专门去拜访有名的匠人，这才弄清了陶器的制作流程。即便如此，他还是不满意，又虚心地向匠人求教，然后亲手做出了一个陶器，这才心满意足地把制作方法记录了下来，并加入《天工开物》中。

故事启发

如果当初宋应星像其他同去的朋友一样，不去下功夫弄清自己不懂的制陶问题，或是在别人的说服下轻易放弃了更加深入的研究，就会错过一个知识点。倘若一直这样下去，更是会错过越来越多的知识，也就不可能有之后的巨大成就了。所以做学问一定要有一种“打破砂锅问到底”的精神，要多问几个为什么，再从不了解的点滴之处学起，才能逐渐丰富自己的学识。

11 医林改错

王清任

王清任（1768—1831），又名全任，字勋臣，汉族，直隶玉田（今属河北省）人。他是清代解剖学家、医学家，对中医气血理论做出了新的发挥，特别是在活血化瘀治则方面有独特的贡献，他的方剂在中医界一直深受重视。他于1830年著成《医林改错》，并绘制图形。书中纠正了古代解剖学中的诸多谬误，对人脑也有了新的认识。此书曾被节译为外文，对世界医学的发展做出了贡献。

王清任曾经这样说道："著书不明脏腑，就像痴人说梦一样；治病不明脏腑，就和盲人在黑夜行走没什么区别。"于是，为了弄清脏腑问题，他曾经到掩埋疫病暴死者的乱葬岗中去观察人体内脏结构。

有一年，河北省流行一种肠道传染病，由于当时医疗条件极为落后，很多儿童都因患此病而死去，很多贫苦的家庭无钱购买棺材埋葬孩子，便只好把尸体用草席裹着，掩埋到荒野中。

一天，王清任出诊途中路过一片荒野，看到很多掩埋在这里的尸体已经被野狗刨出来啃食，部分尸体的内脏还暴露在外边，看上去十分凄惨。见到这种情景，王清任心中一阵难过。但他脑海中突然闪过一个念头：以前他对人体内脏的了解只限于书中的记载，却从未真实见到过。如果要弄清人体器官构造，眼下倒是一个很好的机会。等到他研究清楚了人体的真正构造，就能想出攻克疾病的办法，就可以解救更多的孩子了。

于是，他鼓起勇气忍着恶臭走近尸体，细致地察看起来。他一连用了整整十天的时间，对尸体的内脏、气管、血管等都一一加以研究，并把各个部分都详细地描画了下来。然后将画好的图拿回家，再同猪、狗等动物的内脏进行细致比对，以了解其中的异同。

经过这一番细致深入的研究后，王清任发现古代著名医书《黄帝内经》中关于解剖生理学方面的一些说法有错误，甚至连体腔的多少和肺叶、肝叶的数目以及血管的位置都弄错了。他便写了《医林改错》一书，将这些错误纠正了过来，还配上了精细的插图，并提出了自己的新观点。他的很多看法都和现代解剖学及生理学的看法相近，为后代行医者提供了宝贵的资料。

故事启发

人常常会有一种惰性，总以为写在书里的知识都是对的，常常不动脑筋地相信它，死记硬背地学习它，依样画葫芦地模仿它，岂不知书上也可能会有错漏之处，更何况前人的经验也不一定符合现在的情况。时代是不断向前发展的，真理也是需要不断完善的。我们在读书的时候，就要像王清任一样，多思考、多质疑、多钻研，有想不通的地方，更要通过实践来找到答案，发现了前人的错误，就要及时去纠正，这才是一种科学的学习态度。

修建京张铁路

詹天佑

詹天佑（1861－1919），字眷诚，号达朝，汉族，祖籍徽州婺源（今属江西），生于广东省广州府南海县（今佛山市南海区）。他是中国首位杰出的爱国铁路工程师、中国近代铁路工程专家，有“中国铁路之父”“中国近代工程之父”之称。他曾负责修建了滦河大桥、京张铁路等工程。辛亥革命后，他任汉粤川铁路会办兼总工程师、督办等，克服种种困难，修建了从武昌至长沙长约365千米的铁路。晚年还曾编写出版《京张铁路工程纪略》《京张铁路标准图》等工程技术书籍，并编写了《华英工程字汇》这部我国最早的土木工程辞典。

1905年，由中国人自主修筑的第一条铁路——京张铁路，在外国势力的轮番嘲笑下正式动工。作为这条铁路线的总工程师及负责人，詹天佑身上的压力可想而知。他在工作的时候无论事情大小都要亲自过问，以确保万无一失。工作人员经常看到他带着学生和工人，背着标杆、经纬仪，奔波在崎岖的山岭上。

一天傍晚，猛烈的大风卷着沙石在八达岭一带肆虐，刮得人眼睛都睁不开。测量队的队员们被狂风刮得站不住，为了尽早结束工作，他们把刚刚测好的数字填好，就从岩壁上爬下来，准备收工。

这时，正在巡视工程进度的詹天佑过来了，他从测量队手中接过本子，一边翻看他们填写的数字，一边询问道："这些数据都准确吗？"测量队员小声回答："差不多。"听到这样的回答后，詹天佑的脸色立刻变得严肃起来："'大概''差不多'这类说法不该出自工程人员之口！勘探测量的第一要求是精密、准确，不能有一点模糊和轻率，要知道，哪怕只有一点微小的误差，都可能造成毁灭性的后果。"詹天佑的一番话说完，测量队员们都惭愧地低下了头。

接着，詹天佑不顾其他人的劝阻，自己背上仪器，冒着猛烈的风沙，吃力地爬到岩壁上刚刚测量数据的地方，又认真地重新勘测了一遍，还修正了数据中的误差。当他从岩壁上下来的时候，队员们看到他的嘴唇都冻青了。

在詹天佑的主持下，原定需要六年才能修建完成的京张铁路提前两年就竣工通车了，所耗经费也比过去外国承包商的报价少得多。这条铁路干线完全由中国人自行勘探、设计和施工，是中国人民和中国工程技术界永远的光荣。

故事启发

在科学家的词典里，你找得到"大概""差不多"之类的词语吗？当然不能！因为这些词语代表了模棱两可、模模糊糊的态度，是科学的大敌。一个有高度责任心的科学家最不屑理睬的就是这类词语了。也正是因为这样，詹天佑才会冒着风沙也要去亲自勘测一遍才能放心，我们在做事的时候也应当有他的这种态度，要力求准确、毫不敷衍，才不会在出现不必要的错误时懊悔不已。

冯如（1883—1912），原名冯九如，字鼎三，号树恒，汉族，广东省恩平县（今恩平市）人。他是中国第一位飞机设计师、制造师和飞行家，被美国报纸称为“东方莱特”。1909年，他制造出了第一架飞机。1910年，他又设计制造了第二架飞机，不但试飞表演成功，还打破了当时的世界纪录。1912年，他在广州燕塘飞行表演中不幸失事牺牲，之后被追授陆军少将军衔，人们都尊称他为“中国始创飞行大家”“中国航空之父”。

1903年，美国莱特兄弟发明飞机并试飞成功的消息轰动了全世界。20岁的冯如听到这个消息后，心想：飞机在军事上的作用非常强大，如果能够制造出中国人自己的飞机，就能更好地保护国家、保卫人民。

从那以后，他就一门心思地研究飞机制造原理，学习了大量资料，还制作了很多飞机模型。在朋友们的帮助下，他办起了飞机研制厂，并很快研发出了飞机的内燃机。1909年，第一架飞机制成了，冯如兴奋极了，马上开始思考和策划试飞的事情。但是第一次试飞失败了。之后，他又一连五次对飞机进行改进和试飞，却都没有获得成功。最后一次试飞时，飞机飞到几丈高就摔下来坠毁了，幸好冯如没有受重伤。他从残破的机翼下走了出来，镇定自若地说：“我们还得再把飞机改制一下。”

可是，该怎样改进才能让飞机冲上云霄呢？冯如每天都在思考着这个问题。一天，他在路边漫步，一抬头，忽然看到天空中有几只老鹰展翅盘旋，他想：要是我的飞机能像这样自如地飞行就好了。他陷入了沉思，过了许久，他突然一拍脑门，说：“有办法了！”

之后，他找来了一只鸽子，仔细地研究鸽子身体各个部位的结构形态，用尺子量出鸽子身躯和两翼长度，并计算出两者比例，再把这样的比例套用到飞机机体上，将飞机的构造改进得更加科学合理。

1909年9月21日，冯如驾驶着改制的飞机成功飞上了蓝天，飞行了2600多英尺才缓缓降落在了草坪上。经过专家的测定，冯如的这次试飞比莱特兄弟的首飞记录还要远1788英尺。“中国人的航空技术超过了西方人！”人们争相诉说着。冯如的事迹瞬间轰动海外，也为中国人大大地争了一口气。

故事启发

冯如由鸽子的生理结构联想到飞机的构造，从而解决了困扰自己的飞机改制问题。这种联想力是一种非常宝贵的能力，它能够帮助人们跳出固有思维模式的限制，并有可能迸发出创新的火花，推动科技的革命。我们也要锻炼自己的联想力，使自己的思维更加灵活，思路更加宽广。

发现冰川遗迹

李四光

李四光（1889—1971），字仲拱，原名李仲揆，蒙古族，湖北省黄冈市人。他是中国著名的地质学家、科学家、教育家和社会活动家，也是中国现代地球科学和地质工作的奠基人之一。李四光最大的贡献就是创立地质力学，并以力学的观点研究地壳运动现象，探索地质运动与矿产分布规律。他还从理论上推翻了中国贫油的结论，又亲自主持石油普查勘探工作，在很短的时间里，先后发现了大庆、胜利、大港、华北、江汉等油田，为中国石油工业建立了不朽的功勋。

李四光小时候非常喜欢和小朋友一起玩捉迷藏。有一次，他发现了一个很好的藏身地点——草地上的一块大石头。他悄悄躲到大石头的后面，石头恰好把幼小的李四光遮挡得严严实实，小朋友们很难找到他。

游戏结束后，其他小朋友都高高兴兴地回家了，只有李四光一个人留下来。他对着大石头发呆，心想：“这么大的一块石头，到底是从哪里来的呢？”为了解开自己心中的疑问，他跑去问了很多人，可是包括老师、父亲在内的大人们也说不清楚这块巨石是从哪来的。只有一位叔叔在思考后告诉他：“这块巨石已经有好几百年的历史了，听说是从天上掉下来的陨石，落到了这里。”

但是这个答案并没有让李四光满意，他又追问道：“叔叔，如果这是从天上掉下来的陨石，那应该会把草地砸出来一个很深的大坑才对，但是这块巨石的周围却非常平整。这是怎么回事呢？”叔叔一听，愣住了，过了半天，叔叔不好意思地说：“我也不知道为什么会这样。”李四光十分失望，但他没有气馁，还把这个问题写进了日记本里。在日记中，他写道：“我要努力学习地理知识，等我长大了，就能找到答案了。”

1913年，24岁的李四光远渡重洋，到英国留学。他以优异的成绩考入了伯明翰大学，先学的是采矿专业，后来又学习了地质学，最终成为一名地质学专家。到了这个时候，他回头思考小时候困扰自己的那个问题，猜想可能是冰川推动了巨大的石头，让石头从遥远的地方“旅行”了几百里甚至上千里，才来到了自己的家乡。

后来，他利用回家乡探亲的机会，仔细考察了这块大石头，发现它真的是从遥远的秦岭被冰川带到这里来的。因为这件事，李四光更坚信中国是存在“第四纪冰川”遗址的，最终他通过实地考察证实了自己的判断。

故事启发

一次最平凡不过的捉迷藏游戏，却在李四光心里留下了深刻的印象；一块谁也说不清楚来历的巨石，为他开启了寻找中国冰川遗址的大门。这也提醒了我们，千万不要小看那些不起眼的东西和看似平常的小事，只要用心去琢磨，深入去钻研，就有可能从平凡的细节中发现深刻的道理，并有可能因此取得伟大的成就。

38年记日记

竺可桢

竺可桢（1890—1974），又名绍荣，字藕舫，汉族，浙江上虞（今浙江省绍兴市上虞区）人。他是中国卓越的科学家、教育家，也是当代著名的地理学家、气象学家，还是中国近代地理学的奠基人。他对地理学和自然科学史都有深刻研究，在气象学、气候学、地理学、物候学、自然科学史等方面的造诣很深。他还始终坚持从科学的视角关注着中国的人口、资源、环境问题，是“可持续发展”思想的先觉先行者。

竺可桢一生著作繁多，除了专业学术论著外，还有大量的日记，据统计竟有900多万字。这些日记最早是从1917年开始记录的，那时候，竺可桢还在哈佛大学读书，他在记录每天学习、研究的心得的同时，还会记录当天的天气情况，包括天气的阴晴、气温的高低、风向和风力等，这些数据都是他亲自观测的结果，为了保证数据准确，他常常要跑好几个地方，分别进行测量和记录。

除了天气变化情况外，他要是看到了花朵开放、冰雪融化的景象，听到了布谷鸟鸣叫、春雷阵阵的声音，也会细心地写在日记中。因为他知道，这些都是物候学的信号，同气候的变化关系十分密切，如果掌握了其中的规律，就能准确预报天气，指导农业生产。

就这样，竺可桢养成了记日记的习惯。他在1936年前写下的日记，由于战乱的关系都已散失，现在保存下来的是他从1936年到1974年2月6日间写下的日记，时间共计38年37天，中间竟然一天未断！这些日记字迹整齐秀丽、用词一丝不苟，共有50多本，令人叹为观止。

在竺可桢去世前的那一天，他的身体已经极度衰弱，不能亲自到户外去观测天气了，但他还是艰难地写下了最后一篇日记。他在家人的帮助下，从病床上慢慢地坐起来，再拿起用了几十年的钢笔，然后一边听着收音机里的天气预报，一边在日记本上写道："今日气温：最高零下1℃，最低零下7℃，东风一至二级，晴转多云。局报。"

竺可桢之所以要特别注明是"局报"，就是因为这不是他亲自观测的结果，而是来自气象局的数据，从这一个小小的细节也可以看出他对科学研究的态度是多么严谨。

故事启发

竺可桢把"求是"当作自己一生的座右铭，无论是从事科学研究还是处理日常生活问题，他都抱着"求是"的态度认真细致地对待，绝不允许自己因为马虎大意、不够审慎而犯错误。他的这种求是的态度从记录日记这件小事上就可见一斑。虽然很多人都有记日记的习惯，但未必能够像他这样几十年如一日地一丝不苟地记录着。他的这几十本日记成为珍贵的气象学资料，是他留给人民的精神财富，而他求真、求全、求实的精神也值得我们继承和发扬。

侯德榜（1890—1974），名启荣，字致本，汉族，福建省闽侯县人。他是中国杰出的化学家，也是侯氏制碱法的创始人和世界制碱行业的权威人士，还是近代化学工业的奠基人之一。1921年，他发表了论文《铁盐鞣革法》，至今仍被制革业广为引用。1933年，他撰写的《纯碱制造》一书在学术界和工业界产生了深远的影响。1943年，他创制了侯氏制碱法，也叫“联合制碱法”，在全球享有盛誉，并得到了普遍的应用。

1921年，侯德榜从国外学成归来，被永利制碱公司聘用，在该公司担任工程师。当时盛行的“索尔维制碱法”被外国公司严格垄断，纯碱的价格也被定到极高的水平，中国人想要生产纯碱，就要自己摸索办法。后来，永利公司用重金买到了一张不再投入生产的“索尔维法”的图纸，侯德榜就埋头钻研起来。他不但在实验室里研究，还来到工厂，脱下西装、皮鞋，和工人们一起劳动，以便从实践中总结经验。

几年后，在侯德榜的指导下，永利自己的纯碱生产出来了，可惜第一批纯碱竟然是红色的。侯德榜重新检查工艺流程，分析事故原因。他始终秉持严谨、细致的科学精神，一项项寻找，最终发现纯碱变色并非工业设计问题，而是铁锈污染所致。侯德榜利用少量硫化钠和污染源接触，使其底部结成一层硫化铁保护膜，再生产时纯碱就变成纯白色了。

大家欢呼雀跃，可侯德榜却陷入了沉思。他发现“索尔维法”并不完美，还有很多可以革新的地方。于是他马上开始了新的研究，他一边摸索一边实验，不断调整生产工艺中的一些小细节，就这样连续进行了500多次实验，终于创制出了联合制碱法，也就是人们常说的侯氏制碱法。这种方法将氨碱法和合成氨法两种工艺联合起来，同时生产纯碱和氯化铵两种产品，原料的使用率更高，生产时间却大大减少了，而且还减少了对环境的污染，也降低了纯碱的成本。侯氏制碱法让世界制碱技术水平有了飞跃式的提高，因而赢得了国际化工界的高度评价。

拥有了如此关键的新技术后，侯德榜却没有把技术牢牢掌握在自己手中，他以无私的胸怀将侯氏制碱法公之于世，赢得了人们的敬佩。英国皇家学会、美国化学工程学会、美国机械学会都授予他“荣誉会员”的称号，很多外国企业也纷纷邀请他帮忙解决技术难题，他还5次前往印度指导塔塔公司改进生产设备和技术，使该公司的碱厂也生产出了优质的纯碱。他没有停止在科学研究方面的努力，他为中国的化工事业呕心沥血，奋斗到了生命的最后一刻。

故事启发

侯德榜创制出先进的制碱技术，这不仅仅是他个人的荣耀，更是中华民族的骄傲。他的爱国情怀让他能够不断冲破事业的难关，数十年如一日努力坚持，才终于实现了科学技术的伟大突破。爱国情怀是一种崇高的精神，我们要学习侯德榜的爱国情怀，树立起民族自豪感、自尊心和自信心，努力学习各方面的知识，使自己得到全方位的提高，从而能够成为国家的栋梁，为祖国的建设做出应有的贡献。

17 修建钱塘江大桥 茅以升

茅以升（1896—1989），字唐臣，汉族，江苏省镇江市人。他是中国土木工程学家、桥梁专家、工程教育家。1933—1937年，他主持修建了我国第一座由中国人自己设计建造的双层铁路公路两用桥——钱塘江大桥；1955—1957年，他主持修建了我国第一座跨越长江的大桥——武汉长江大桥，为我国的桥梁建设事业做出了突出的贡献。另外，他还参与了人民大会堂结构设计的审查工作，并致力于教育改革，为我国培养了一大批科学技术人才，是我国工程学术团体的创建人之一。

1933年，为了使浙赣铁路与沪杭铁路相连接，我国打算在钱塘江上修建一座公路铁路兼用的现代化大桥。然而，钱塘江水文地质条件极为复杂，一向

以险恶著称，其水势不仅受上游山洪暴发的影响，还受下游海潮涨落的约束，江面时常汹涌翻腾，江底还淤积着厚达41米的流沙，因此民间素有“钱塘江上架桥——办不到”的谚语。

想要在钱塘江上修建现代化的大桥，其技术难度可想而知，就连国外的工程技术团队也对此感到头疼。这个任务落到了茅以升的头上，不肯服输的他立志要为中国人民争一口气，一定要成功架设中国人自己的大桥。

可是说来容易，做起来却绝不简单。在修建大桥的第一步，茅以升就遇到了一个非常棘手的问题——打桩。为了使桥基稳固，就必须在41米厚的泥沙中打入1440根木桩，但是钱塘江的沙层又厚又硬，打轻了木桩下不去，打重了又容易断桩。茅以升每天都在苦思冥想解决的办法。

这天，刚刚从工地回到家的茅以升看到家人正在给花浇水，水从高高的水壶口中流出来，竟然把原本干涸的又厚又硬的花土冲出了一个个小洞。茅以升由此想到了一个打桩的好办法，他顾不上休息，连忙赶回了工地现场。

回到工地后，他叫来工作人员，和他们讨论了一番，确定采用“射水法”来破解打桩难题。这种方法主要的操作原理是用抽水机把江水抽到高处，然后通过水龙带用高压水直冲江底泥沙层，就像浇花一样，把泥沙层冲出一个个深洞，之后再放进顶部修尖的木桩，用蒸汽锤捶下，打桩的问题就解决了。

工程队立刻试用了这个“射水”的办法，发现果然有效，之前工程队一天只能打1根桩，改用射水法后，一天竟能打30根桩，大大地加快了工程的进度。

故事启发

茅以升从水壶浇花把土冲出小洞这件小事受到启发，想到了抽江水在泥沙上冲出深洞再打桩的“射水法”，这不能不让我们佩服他的聪明才智。很多时候，当我们遇到了难题，感到束手无策时，就可以学习茅以升的做法，多从生活中寻找灵感，说不定在不经意间，好的办法就会出现在我们眼前，那些困扰我们的难题也就会迎刃而解了。

18 验证康普顿效应

吴有训

吴有训（1897—1977），字正之，汉族，江西高安（今江西省高安市）人。他是中国著名的物理学家、教育家，也是中国近代物理学研究的开拓者和奠基人之一。他的贡献主要体现在X射线的研究方面，曾以系统、精湛的实验和精辟的理论分析全面验证了康普顿效应。另外，他还创新地发展了多原子气体散射X射线的普遍理论。

吴有训在读书期间，成绩十分优异，考取了公费留学生，到美国芝加哥大学物理系深造。在那里，吴有训遇到了自己的导师康普顿，这位教授年纪轻轻，只比吴有训大5岁，却已经在学术界享有一定的声誉了。吴有训对导师十分尊敬，认认真真地听从导师的指导，夜以继日地投入到科学实验中。

当时和吴有训一起师从康普顿学习的研究生共有23人，但康普顿印象最深的还是这位从中国远道而来的学子。吴有训身上那种属于拓荒者的顽强精神深深打动了康普顿，所以康普顿主动邀请他和自己共同进行X射线散射光谱研究。

1923年，康普顿在实验中发现了“康普顿效应”，但是这个发现与经典物理学理论有很大的冲突，而且康普顿的实验证据也不够充分，所以很多物理学家都提出了质疑。吴有训几乎全程参与了导师的研究工作，对导师的观点深信不疑，他决心通过自己的努力来验证康普顿效应。

由于康普顿效应的基本实验只有石墨这一种实验样品，吴有训就陆续使用了15种不同的样品来进行同样的实验，他在实验中注重精密性和可靠性，最终获得的结果与康普顿的理论完全吻合，这就证明了康普顿效应具有广泛的适用性。康普顿十分高兴，他把吴有训的研究成果一并收入到自己的专著中，并对吴有训表示了诚挚的谢意。

之后，吴有训又通过精确的实验，进一步探讨了康普顿效应的量子理论，并对一个十分重要的比值做出了测算，成为全世界进行这项工作的第一人。在康普顿、吴有训的努力下，康普顿效应得到了美国物理学界的普遍关注，人们逐渐认识到了这种效应的重要性。1925年，在美国物理学会召开的135届会议上，吴有训第一个宣读论文，这篇论文引起了学术界的强烈反响，也成为康普顿效应的最好佐证。

1927年，康普顿本人获得了诺贝尔物理学奖。在此期间，有物理学家提议应当把康普顿效应改名为“康普顿-吴有训效应”，以表彰吴有训的杰出贡献，但谦虚的吴有训却在公开场合表示了拒绝，还反复对大家强调：“我只是康普顿老师的一名学生而已。”康普顿听说了此事后，感动地说：“吴有训是我一生中最得意的学生！”

故事启发

吴有训是一名十分优秀的科学家，他以顽强刻苦的拼搏精神，完成了康普顿效应的验证工作，推动了世界物理科学的发展。与此同时，他身上那种谦逊朴实、只求奉献不求回报的精神也很让人感动，他默默地进行着科学研究，即使获得了突出的成绩，也从不自吹自擂，对于公众的称赞他更是主动回避，把鲜花和掌声留给了自己的老师。他虽然没有获得荣誉和奖杯，但却赢得了人们的尊敬，成为人们心目中的英雄，流芳百世。

19

人工单性繁殖

朱洗

朱洗（1900—1962），汉族，浙江省临海市人。他是中国杰出的实验生物学家，也是中国细胞生物学、实验生物学的开拓者之一。他长期从事动物卵球成熟、受精和人工单性生殖的细胞学研究，在蟾蜍卵巢离体排卵、家蚕混精杂交、蟾蜍人工单性生殖等方面都做出了非常重要的贡献。

1936年初，朱洗到上海筹建生物研究所。那时条件简陋，人手不足，又缺乏经费，可他克服了重重困难，坚持每天做实验。他把蟾蜍的卵球一个个分开，在卵球表面涂上薄薄的一层蟾蜍血，然后手持细针刺破卵球，让血液进入卵球中，接着注入清水，放到显微镜下仔细观察，虽然实验屡屡失败，但他没有灰心，每次失败后，就在日记本上写下一个新的失败数字，然后鼓励自己继续努力。

当他用针刺到第36800颗蟾蜍卵时，终于看到显微镜下的卵子有活动了。几天后，一条小蝌蚪从针刺的卵球里钻了出来，扭动着身子，在装在玻璃瓶里的水中嬉游着。

这次实验的成功使他得到了极大的鼓舞，可正当他准备继续深入研究的时候，“八一三”事变爆发了，朱洗被迫中断了研究工作。没想到这一等就等到1951年，这才重新开始研究。

这次，他希望借助人工单性生殖的方法，证明由离体培养的卵巢所产生的卵球有完善的发育能力。朱洗最初遭遇了很多次失败，他认真总结教训，认为是实验使用的金丝针还不够精细，于是决定改用一种比头发丝还细得多的玻璃丝针来穿刺卵球。

朱洗在实验时加倍小心，慎重地对待每一个程序。经过一番努力后，他的实验终于取得阶段性的进展，可惜破膜而出的5只小蝌蚪还没发育成蟾蜍，就先后死去了。

朱洗反复回顾整个实验过程，又决定将针刺后的卵子放进恒温箱保存，并做了其他一些调整。就这样失败、调整；再失败、再调整……直到1959年，他在针刺了40140个卵球后，终于成功培育出了67条小蝌蚪，一个月后，有25条蝌蚪长成了小蟾蜍。这些没有“父亲”的蟾蜍经受不住病害的考验，相继死去，最后只有一只雌蟾蜍健康地活着。

1961年，朱洗用这只雌蟾蜍与一只在自然条件下长大的雄蟾蜍抱对后，产出了3000多颗卵，这些卵发育良好。朱洗的实验历经艰辛，终于成功了！

故事启发

朱洗有一句名言：“科学需要人的全部生命。”从中不难看出他对科学怀着怎样的热爱之情，也正因为这样，他才能够表现出超乎常人的干劲和钻劲来。由此可见，在人生中能够找到一件热爱的事情是何等幸运，你会永远专注于它，感觉精力充沛，时刻想把每一个细节做到尽善尽美，而这必将让你走向成功。

20 试验“童鱼”

童第周

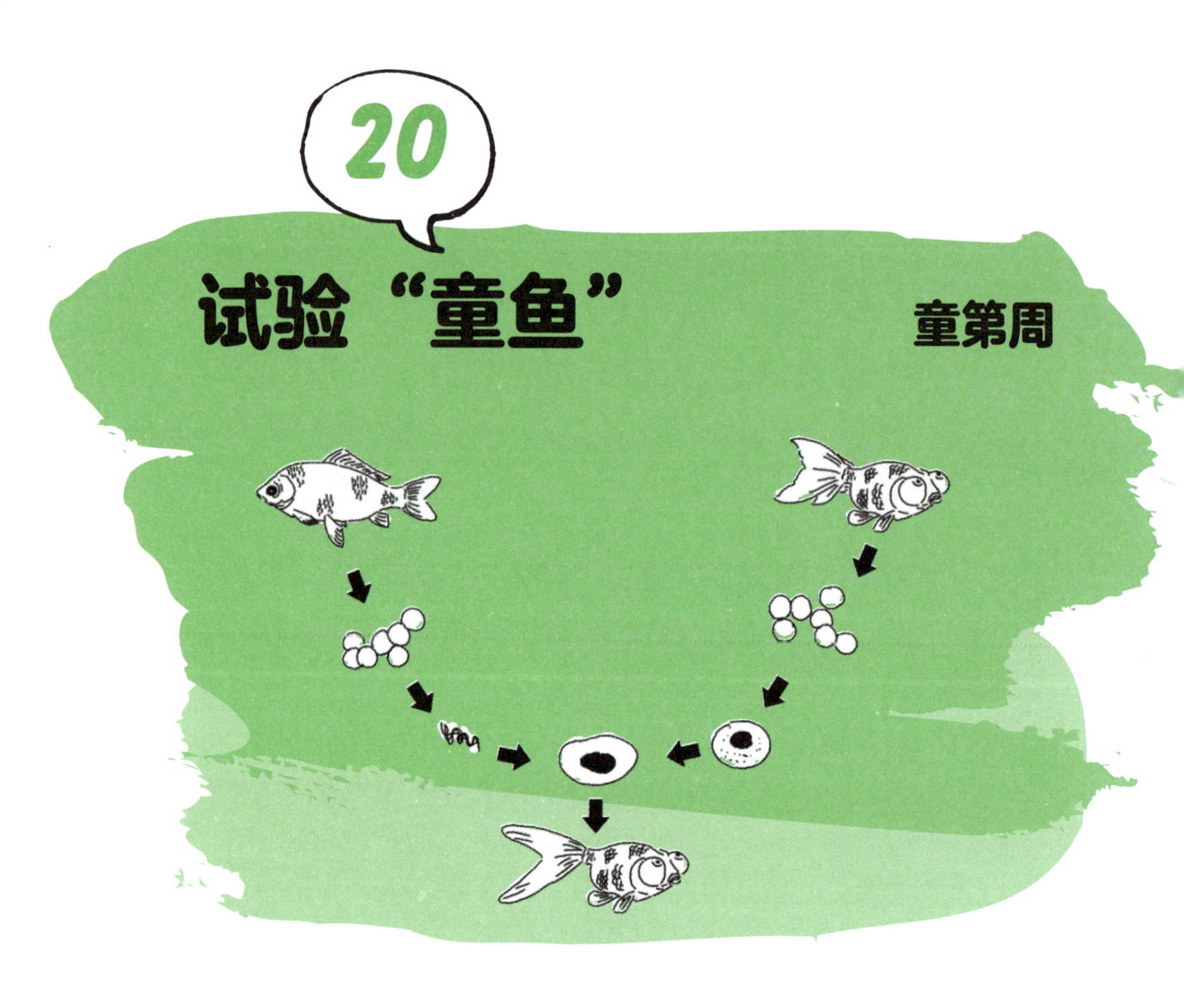

童第周（1902—1979），字蔚孙，汉族，浙江鄞县（今浙江省宁波市鄞州区）人。他是中国著名生物学家、教育家，也是我国实验胚胎学的主要创始人，还是生物科学研究的杰出领导者，因在克隆技术上的贡献而闻名。童第周在他将近50年的科学生涯中，一直从事实验胚胎学、细胞生物学和发育生物学等领域的研究，开创了我国“克隆”技术之先河，被称为中国的“克隆之父”。此外，他在防治海洋有害生物、人工养殖经济水产动物、开拓培育经济鱼类新品种等方面也做出了很大的贡献。

1973年的春天，万物复苏，此时也正是金鱼繁殖的季节，年过古稀的童第周却在此时开始了他探索生物遗传性状奥秘的旅程。

为了研究中国人自己的胚胎学，童第周再一次坐到了实验台前，这次他想通过核酸诱导实验来验证他自己在科学研究上的设想。不一会儿，他注意到金鱼开始排卵了，它们排出的受精卵比芝麻还小！但就是这么微小的受精卵却对童第周的实验起到至关重要的作用。他连忙用灵巧的双手拿着极细的玻璃注射针，借助显微镜的放大作用，十分小心地将已经提纯过的鲫鱼卵的核酸注入到金鱼受精卵的细胞质内，想看看这会对金鱼的受精卵产生什么样的影响。之后，他一直非常细心地观察着、照看着这些受精卵。助手们担心他的健康，想让他去休息一会儿，可他连声拒绝。在他的带领下，整个实验小组的成员个个士气高涨，对实验的成功更是充满了信心。

不久，这些动过“手术”的受精卵孵化了，之后幼鱼慢慢长大，奇迹接连出现。童第周惊喜地看见320条幼鱼中有106条由双尾变成了单尾，呈现出了鲫鱼的尾鳍性状。这就说明，从鲫鱼卵中提取的核酸改变了金鱼的遗传基因，而这种改变证明控制生物遗传性状的不只是细胞核，还有细胞质。这个发现成功地证实了童第周的设想，也为生物学界做出了巨大的贡献。

为了纪念童第周的丰功伟绩，人们就把这种单尾的金鱼称为“童鱼”。“童鱼”是童第周心血的结晶，是他在探索真理道路上的一个里程碑。

故事启发

童第周在从事生物学研究时，很善于根据已有的知识、经验进行大胆的推断，“童鱼”的诞生源自他对生物遗传性状的奇妙的设想，这个设想为他找到了科学实验的方向，也让他能够保持强烈的信心和锲而不舍的意志，使他能够不知疲倦地观察幼鱼、总结经验。他曾经说过自己的座右铭是“水滴石穿”，而他也确实表现出了这种精神，他抓住了人生的每一分钟、每一秒进行科学实践，终于达到了“水滴石穿”的效果。

21 无冕英雄

赵忠尧

赵忠尧（1902—1998），汉族，浙江诸暨（今属浙江省绍兴市）人。他是中国著名的物理学家，也是中国核物理研究和加速器建造事业的开拓者。他曾从事硬伽马射线与物质相互作用等方面的研究，并主持建成中国第一、第二台质子静电加速器。他还发现了正电子的存在，是人类物理学史上第一个发现反物质的科学家。

1927年，赵忠尧到美国加州理工学院学习。他的导师是诺贝尔奖金获得者密立根教授，这位导师对赵忠尧非常欣赏，同时对他提出了十分严格的要求。

有一次，密立根给赵忠尧布置了博士论文题目，让他利用光学干涉仪进行一项实验。赵忠尧对导师说：“我觉得这个课题太平常了，能不能换一个具有突破性意义的题目？”密立根有点不高兴了，就将题目改为“硬伽马射线通过物质时的吸收系数”。密立根觉得这下一定能够难住赵忠尧了，可赵忠尧却爽快地说：“老师，请您放心，我一定能把这个课题做好！”

从那以后，赵忠尧开始了艰苦的研究工作。他每天上午上课，下午就去实验室准备器材、开始实验，有时候为了获得一个重要的数据，他会在实验室里守一整夜。半夜他实在是太困了，便拿来了一个闹钟，设定每半小时一响，好让自己及时醒来观察实验的变化。

赵忠尧废寝忘食地研究了一段日子，获得了最初的测量结果，可是他惊讶地发现，这结果竟然与原来的公式不吻合。他怀疑是自己忙中出了错，便回头检查了所有细节，最后确定实验结果准确无误。于是他怀着兴奋的心情写下了论文，交给了密立根。密立根一看，也吓了一跳，他不能确认赵忠尧的实验过程是否足够严谨，便将论文暂时搁置在了一旁。不久，密立根的同事鲍文教授说：“我对赵忠尧实验的全部过程十分了解，他的实验设计、测量结果都是非常严谨的，我还亲自进行了验证，能够确保他的结果是真实可靠的。”密立根这才同意让赵忠尧将论文发表在《国家科学院院报》上，这篇论文在当时引起了很大的反响。

不久，赵忠尧又发表了关于这个问题的第二篇论文，更是引起了轰动。物理学界的很多前辈都认为他完全有资格获得诺贝尔物理学奖。可惜因为种种原因，诺贝尔奖一次次与赵忠尧擦肩而过。不过他并没有因此觉得惋惜，仍像过去一样努力从事科研工作。他一生中为世界物理科学做出了很多贡献，在他去世后，诺贝尔物理学奖委员会前主任爱克斯朋还带着遗憾缅怀道：“赵忠尧在世界物理学家心中是实实在在的诺贝尔奖得主！”

故事启发

获得诺贝尔奖，对于科学家来说是至高荣誉，很多科学家都会把得奖作为自己的奋斗目标。但赵忠尧却将奖金和荣誉看得很淡，在他的人生中，追求真理、探索科学未知领域才是最为重要的目标，他以一颗平常之心坦然面对荣辱，并坚持做自己最想做的事情，最终实现了崇高的人生目标，成为人们心中的“无冕英雄”。

总结“厚薄读书法” 华罗庚

华罗庚（1910—1985），汉族，出生于江苏省常州市金坛区，祖籍江苏丹阳。他是中国著名数学家，也是中国解析数论、矩阵几何学、典型群、自守函数论等多方面研究的创始人和开拓者。他为中国数学的发展做出了无与伦比的贡献，被誉为“中国现代数学之父”。著名的“华氏定理”“华氏不等式”“华－王方法”等都是以他的姓氏来命名的。

华罗庚从小就热爱学习，尤其喜欢读数学书，一读到书中那些计算的方法就会如痴如醉、浑然忘我。那时他家境贫寒，父亲开着一间小杂货店，华罗庚经常需要看店，还要帮助父亲记账、收钱。可是他常常因为读书入迷忘了接待客人，有时还算错账，少收了钱，所以父亲经常会生气地责骂他。街坊邻居一提到他，也总是笑着说：“华家的那个傻儿子今天又做了错事。”

虽然常常被人笑话，华罗庚却没有改变对读书的热爱。当时他所在的小县城里没有图书馆，书店里也很少会卖内容深奥难懂的数学书。华罗庚就去找学校的老师借书，每次拿到没读过的数学书时，他都高兴得不得了，连饭也顾不上吃就开始阅读起来。

不过，他在读书时并不是简简单单地从第一页开始读到最后一页就算完成，他认为那样无法获得书中知识的精髓。读了不少数学书后，他早已总结出自己的读书方法，叫作“厚薄读书法”。意思就是要把读书的过程分成两个阶段。第一个阶段叫作“从薄读到厚”，就是拿到一本书后，先认真地精读，对于每一章每一节的内容都要了解清楚，加上自己的批注，还要写上心得体会，有不懂的地方要查找多方面的资料互相印证，如此一来，就会觉得书的内容变多了，厚度变厚了。

到了第二个阶段，就要做“从厚读到薄”的工作了，因为这时候已经对全书的内容有了透彻的了解，也能够抓住要点和精神主旨，就可以把一本厚厚的书总结为薄薄的几页知识了。在这个过程中，知识并没有变少，而是被慢慢地吸收了。

靠着这种读书方法，华罗庚自学了高等数学的基础知识，后来还研读了很多关于数论的典籍。有一位外国数学家撰写的《数论教程》有三卷之多，很多学子一看见厚厚的原版书都感到望而生畏，可华罗庚却用自己发明的“厚薄读书法”攻克了这部巨著，不但吃透了其中的知识，还将其应用于自己的数学研究中。他能够成为一名伟大的数学家，与这种奇特又高效的读书方法是分不开的。

故事启发

华罗庚曾经说过：“在寻求真理的长河中，唯有学习，不断地学习，勤奋地学习，有创造性地学习，才能越重山跨峻岭。”他这句名言为我们指出了学习的重要性，学习是让我们走向成功的一条最重要的途径。但学习又不能是盲目的，只有多动脑总结方法，才能提高学习的效率，提升学习的效果。我们不妨也开动脑筋，为自己总结一些最有效的方法，让自己能够带着乐趣去学习，就能学到更多、更实用的知识。

23 亲自纠正错误

钱学森

钱学森（1911—2009），汉族，生于上海，祖籍浙江省杭州市。他是中国著名的物理学家、空气动力学家，中国载人航天事业的奠基人，也是“两弹一星功勋奖章”获得者，被誉为“中国航天之父”“中国导弹之父”“中国自动化控制之父”“火箭之王”。

钱学森对科学研究的要求极为严谨。他每次推导出数学公式后，都会进行大量的数学运算。他常常会就一个小问题演算好几个小时，并会留下几十页甚至上百页写得密密麻麻的草稿纸。这些草稿纸字迹工整、公式书写符合标准，连一个字母都不会出现疏漏，每一处图表也画得工工整整。同事们看到他的草稿后，都佩服得不得了。

在领导导弹研究工作的时候，钱学森更是把这种严谨精神发挥到极致。有一次，一种新型火箭刚刚研制成功，准备运往发射基地。其中有个控制系统需要安装四个小陀螺，负责验收工作的研究员小孙为了节省时间，只检验了一个陀螺。

哪知道火箭运到发射场进行装配时，才发现陀螺安装不上去。再过几个小时，火箭就要准备发射了，却出现了这样的低级错误，可把小孙急坏了，他连忙给钱学森打电话汇报。钱学森了解了情况后，立即组织工人重新研磨陀螺后再安装。可是那些精密的陀螺再加工一次是很费时间的，钱学森就来到现场亲自指挥，从下午一点一直工作到了凌晨四点。

小孙知道钱学森为了火箭发射工作已经好几个晚上没合眼了，他惭愧极了，找了个机会向钱学森道歉，还诚恳地说："您先回去休息吧！我在这里盯着，不会再出问题的。"可是钱学森就是不肯离开，看着他越来越憔悴的脸色，小孙后悔极了。他在心中暗暗发誓，以后一定要像钱院长一样严格要求自己，再也不能犯马虎大意的错误了。

时间一分一秒地过去，在钱学森的指挥下，陀螺终于加工完毕，并顺利安装完成。钱学森仍不放心，又仔细检查了一番，确保每一个螺钉螺帽都不会再出问题。稍后，火箭发射成功，所有的人都欢呼起来，小孙却十分内疚，他特地写了检查，向钱学森郑重道歉。钱学森和蔼地说："你现在要做的不是向我道歉，而是要考虑如何避免再次犯错误。"小孙连连点头，心中对钱学森更加崇敬了。

故事启发

钱学森的成功与他严肃认真、严谨求实的科研态度有很大的关系。在学习、工作中，想要获得理想的结果，就要严谨认真，否则任何一个看似微小的细节被忽略、出了错，就会造成严重的后果。所以优秀的科学家都会不厌其烦地检查小细节，这样才能够避免不必要的纰漏，也才能够成就大事。

文科生转学理科

钱伟长

钱伟长（1912—2010），汉族，江苏省无锡市人。他是中国著名的科学家、教育家，杰出的社会活动家，有“中国近代力学之父”之称。他参与创建了北京大学力学系，这是我国大学第一个力学专业；他出版了中国第一本《弹性力学》专著，还开设了我国第一个力学研究班和力学师资培养班。

钱伟长生于书香门第，祖父、父亲、叔叔都以教书为生。钱伟长从小耳濡目染，对文学非常热爱，从小学到中学，他的文科成绩都特别好，理科成绩却很糟糕，尤其是数学和物理经常考不及格。

考大学的时候，钱伟长语文、历史都是100分，可数学、物理、化学这三科加起来才得了25分，最后他考上了清华大学的历史系。对于这个结果，他最初非常满意。谁知，他刚住进宿舍没几天，“九·一八”事变就爆发了，日本侵略军占领了我国东北三省辽阔的土地。钱伟长从收音机里听到这个消息后，气愤地一拍桌子站起来，大声说道：“从明天开始，我就去学理科，我要去研究飞机大炮，振兴国家的军力！”

第二天，他就去找理学院的院长叶教授和物理系的系主任吴有训教授，向他们提出了自己想学理科的请求。吴教授一听就连连摇头道：“我知道你，你的历史卷子得了满分，可你的理科成绩也太差了，你还是回去好好学文科吧！”

钱伟长激动地说：“吴教授，现在国家需要科学技术。国家的需求就是我的专业，我向您保证一定能够学好理科！”

吴教授还是有些怀疑，钱伟长就待在教授的办公室里不走，用尽各种办法说服教授。最后，吴教授实在没办法，便同意给他一个机会，让他试学一个学年，还对他说：“这一学年结束后，如果数理化三科成绩没有到70分，你就还回历史系去。”钱伟长毫不犹豫地向老师点点头，说自己一定能够做到。

从那以后，钱伟长夜以继日地苦读理科知识。他先试着用死记硬背的办法记忆知识点，可是效果很不理想。吴教授就点拨他说：“学理科不能靠背，要多动脑、多实验，多问几个‘为什么’。”在吴教授的指导下，钱伟长终于“开窍”了，一点点摸到了学理科的门径，成绩提高得越来越快。一学年结束时，他的成绩大大超出了吴教授规定的70分的分数线。就这样，他从一个文科生变成了学校重点培养的理科尖子生，走上了理工研究的道路。

故事启发

钱伟长果断地弃文从理，并最终成为著名的物理学家。他让我们知道爱国不应当成为一句空话，而是应该转化为实实在在的行动。只要在爱国情怀的驱动下，做出忠于自己内心的决定，就能够激发出强烈的斗志。这种斗志会促使人奋勇拼搏，展现出生命的价值。

25 做好图书管理员

钱三强

钱三强（1913—1992），原名钱秉穹，汉族，原籍浙江湖州，生于浙江绍兴。他是中国著名的核物理学家，也是中国原子能科学事业的主要奠基人。他被誉为“中国原子能科学之父”“中国原子弹之父”“两弹一星元勋”。

1929年，钱三强考入了北京大学理科预科。就读期间，钱三强对吴有训教授的近代物理学和萨本栋教授的电磁学最感兴趣。两位学者渊博的学识和严谨的治学精神让钱三强受到了感染，这些都促使他走上了科学研究的道路。

1936年，钱三强以毕业论文90分的优异成绩毕业。通过吴有训教授的推荐，钱三强到北平研究院物理研究所做了一名助理研究员。能够获得这样宝贵的机会，钱三强感到非常高兴。只要是所长严济慈交代下来的事情，无论大小，他都会非常认真地去完成。

刚开始工作时，严所长并没有分派给他和科学研究有关的工作，而是让他到图书馆当起了一名图书管理员。钱三强对此没有任何意见，他来到图书馆，踏踏实实地开始工作。在他的精心管理下，图书馆里的所有藏书都被整理得整整齐齐。大家看在眼中，都对他赞赏有加，严所长也对他的表现感到十分满意。

一个周末的下午，从南京开会回来的严所长走进了实验室，看到整个实验室里只有钱三强一个人，他正聚精会神地做着分子光带分析。见此情景，严所长暗暗点头，认为钱三强是值得重点培养的人才。

后来，严所长听说中法教育基金会要招考公费留学生，第一个就想到了钱三强。严所长还专门到图书馆去找钱三强，见面后没有直接告诉他这个好消息，而是拿了一本法文杂志，让他试着念一念，再翻译成中文。钱三强照着做了，他那一口流利的法语让严所长满意极了。严所长高兴地说："你把图书馆的工作先放一放，去参加考试吧！"

钱三强没有辜负严所长对他的厚望，以优异的成绩考取了这次公费留学的机会，顺利前往法国。到了法国后，钱三强跟随鼎鼎大名的居里夫人的大女儿和女婿学习，从此，原子能科学的大门在他面前正式打开了。

故事启发

很多人都有好高骛远的毛病，觉得自己是要做大事业的，所以不屑去做简单的事，但真要让他们去做有难度的事情，他们又不具备足够的能力。想要改掉这样的坏毛病，就要向钱三强学习，要脚踏实地，先从简单的事情做起。要知道，只有把最简单的小事认认真真做好的人，才有可能成为真正了不起的大人物。

“毛估”比“不估”好

卢嘉锡

卢嘉锡（1915—2001），别名瑞师，汉族，台湾省台南市人，祖籍福建省永定县（今龙岩市永定区）。他是中国著名的物理化学家、化学教育家。他在结构化学研究工作中做出了杰出贡献，曾提出过固氮酶活性中心的结构模型；他还发表过题为《原子簇化合物的结构化学》的论文，对我国原子簇化学的发展起了重要推动作用。他提出的等倾角魏森保单晶X射线衍射照相的Lp因子倒数图，还被载入了国际X射线晶体学手册，并被称为“卢氏图”。

卢嘉锡在从事科学研究时，有一种非常独特的预测方法，他把这种方法称为“毛估”，还经常告诫自己的学生：“你们都要学会‘毛估’，因为‘毛估’比‘不估’好。”卢嘉锡之所以这么重视“毛估”，还和他年轻时的一段经历有关。那时他还是一名大三的学生，特别喜欢学习化学，每次考试他的成绩都是全班前几名。有一次老师出了几道难度很大的考题，全班只有卢嘉锡一个人做完了，可是老师却没有给他满分，还批评了他，因为有一道题的结果被卢嘉锡点错了小数点。卢嘉锡觉得老师的要求过于苛刻，不高兴地低垂着头。老师看到了，就教育他说："你是不是觉得自己只犯了一个小错误？可你知道吗？如果在进行桥梁、公路设计时也点错一个小数点，就会造成巨大的误差，后果不堪设想……"老师的话提醒了卢嘉锡，他不再觉得委屈，而是开始思考以后如何避免再犯这样的"小错误"。他想，点错小数点会出现数量级的误差，这是容易发现的"低级错误"，所以只要在解答题目前先大概毛估一下数量范围，做到心里有数，就能够一眼发现低级错误了。从那以后，卢嘉锡就养成了"毛估"的习惯，在研究难题之前，他会先用"毛估"的办法大概掌握一下答案的范围，然后再进行详细的计算，假如得到的结果超出了毛估的范围，就说明计算过程有误。通过这样的做法，卢嘉锡就能够避免因为偶尔疏忽造成的差错了。在日后从事结构化学研究的时候，卢嘉锡也创造性地发挥出了"毛估"法的作用，他在立题研究之初会通过毛估先提出比较合理的"目标模型"，然后用大量精确的实验去验证这个模型。按照这样的方法，他对固氮酶活性中心可能具备的构型进行了毛估，认为理想的模型应该是不少于四核的"簇合"型化合物。这种模型的样子像个网兜，所以又被称为"网兜模型"。后来，这个模型得到了国内外科学家的大量实验成果的支持，卢嘉锡"毛估"的准确性又一次得到了很好的证明。

故事启发

"毛估"可以帮助科学家把握研究的基本方向，能够减少很多烦琐的工作，还能避免走弯路，这就是卢嘉锡所说的"毛估比不估好"的意义所在。不过这种"毛估"必须以全面把握事物的本质为前提，不能天马行空地随意估计，否则是无法达到既定目标的。

摔跤冠军

吴征镒

吴征镒（1916—2013），别名白坚，号白兼，汉族，出生于江西九江。他是中国著名的、具有国际声誉的植物学家。他的专长是植物分类地理学和药用植物学，曾提出了被子植物起源“多系—多期—多域”的理论，还提出了“东亚植物区”这一概念，并认为它是最古老的植物区；他潜心研究生物多样性，还编著了大量宝贵文献，为人类认识自然做出了重要贡献。他于1999年荣获号称世界园艺诺贝尔奖的“考斯莫斯国际奖”，成为世界第7位、亚洲第2位获得该奖的学者。2008年他获得了2007年度国家最高科学技术奖。2011年12月10日国际小行星中心将第175718号小行星永久命名为“吴征镒星”。

吴征镒对植物的研究以创新为主。一直以来，他都有随身携带照相机的习惯，走到哪儿就拍到哪儿，哪怕是看上去很寻常的花草树木，他也会仔细地拍摄下来。

与很多科学研究一样，植物学研究离不开多种环境下的野外考察。而云南是植物种类最多的地方，所以，吴征镒经常背着照相机到那里去考察。每逢雨季，热带雨林的红土地就会变成一片泥泞。吴征镒又总是急于观察周围的植物和环境，还忙于拍摄，无暇顾及脚下，他在那片红泥巴路上不知滑了多少跤，所以每次考察归来，全身上下都会糊满了红色的泥土，大家也因为这个给他起了个绰号，叫“摔跤冠军”。

有一次，吴征镒去考察云南文山西畴的植物，走着走着，他又像往常一样在密林里脚下一滑，跌坐在地上。同行的人担心他跌伤了，急忙赶上前去扶他。他却不肯站起来，因为他在跌倒时隐约看到了一株不寻常的植物，所以他非常激动，索性就坐在地上四下寻找起来。突然间，他看到了一种白色寄生植物，急忙凑上前去，细心查看起来。经过辨认，他确定了这株植物是锡杖兰，这是之前从来没有在这片区域看到过的植物物种。

这时候，他完全忘记了摔倒的疼痛，高兴地笑着对大家说：“这是一个重大的发现，这个植物可以开创中国的新纪录。”同行的人也为他感到开心，纷纷说道：“太好了，您这一跤可没有白摔啊！”后来，这个摔跤摔出重大发现的故事成了一段佳话，每个听完故事的人都感叹吴征镒对科学的献身精神。

故事启发

吴征镒一生沉浸在他钟爱的植物学研究中，践行着他的格言“原本山川，极命草木”。他在做学问时更是有一种勤恳、踏实的精神，他不满足于待在舒服的办公室里查资料，而是深入大自然中，亲身去探索、亲眼去观察、亲手去拍摄。与能够发现新的植物品种相比，摔跤吃苦对于他来说都是微不足道的事情。这也是他能够成为一代植物学大师，成为“中国植物的活字典”的原因所在。

认真写草稿

李政道

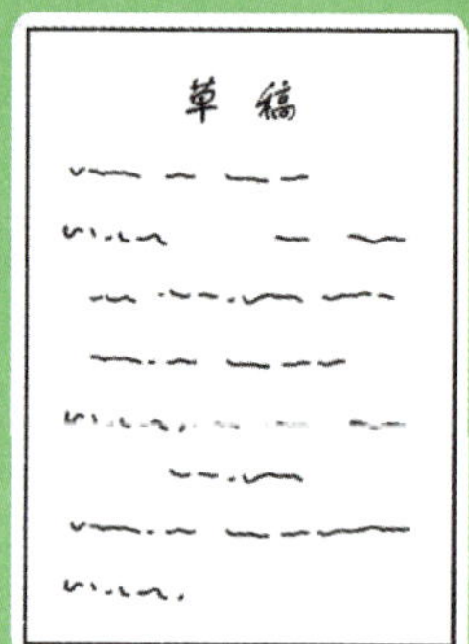

科学家的细致无处不在，即使是随手写下的草稿，也要整整齐齐，把错误率降到最低。对于任何一个细节都丝毫不放松、不马虎。

李政道（1926至今），汉族，出生于上海，祖籍江苏省苏州市。他是美籍华裔物理学家、诺贝尔物理学奖的获得者。他的研究领域很宽，在量子场论、基本粒子理论、统计力学、流体力学、天体物理等方面都颇有成就。1957年他与杨振宁一起因发现弱作用中宇称不守恒而获得诺贝尔物理学奖，成为最早获诺贝尔奖的华裔。之后他又与杨振宁合作，研究了硬球玻色气体的分子动理论和带电矢量介子电磁相互作用的不可重正化性。1964年，他与瑙恩伯合作，研究出了“李-瑙恩伯”定理。此外还提出了“场代数”理论，研究了CP自发破缺的问题，又发现了非拓扑性孤立子，并建立了强子结构的“孤立子袋模型”理论等。

1956年6月，李政道应美国布鲁克海文实验室邀请，到那里做为期两个月的暑期访问学者。该实验室每年都会举行非常活跃的暑期讨论会，给各地的物理学家提供了一个见面和探讨的好机会。为此，很多科学家都会来这里过暑假。

在布鲁克海文实验室为科技人员提供的办公桌上，都放了一本打草稿用的纸本，纸本的纸张很大，相当于4张A4纸的尺寸，可供科学家在有灵感的时候随手记录。李政道最喜欢这种草稿本，他每天都会把本子带在身边，有想法的时候就写下来，在和同行讨论时，听到有启发性的观点也会马上记下来。

在完成获得诺贝尔奖的论文《弱相互作用中的宇称守恒质疑》之前，李政道虽然确信自己的理论分析是正确的，但研究结果最终要由实验来定案。他在等待实验结果的这个空隙里，就积极地思考科研问题，并随手将公式和符号写在了草稿本上，虽然只是草稿，但他每一页都写得整整齐齐，没有半点马虎。他的演算过程也十分严谨，而且每隔一段，就要用红笔做上标记，方便自己在日后回顾。有时他会把一些自己认为没用的草稿丢进废纸篓，有人还专门去收集，将其保存起来。在李政道获得诺贝尔奖后，这位有心人就把自己收集的草稿赠送给了美国物理学会，人们看到以后，都对李政道认真治学的精神赞赏不已。

现在的李政道已经是年过九十的老人了，可他依然保持着认真演算的好习惯，每天都要整整齐齐、密密麻麻地写出好几十页的推导公式，在别人看来这是非常辛苦的事情，可他却乐在其中。有时，他甚至会拔掉家里的电话，以保证自己能够不受影响地专心演算。曾经有人对他的手稿做过统计，发现他所作的推演只有万分之一的错误率，这实在是让人叹为观止。

故事启发

科学家的细致总是无处不在，即使是随手写下的草稿，也要做到整整齐齐、一丝不苟，要把错误率降到最低。这种态度正是我们做什么事情都不能缺少的，我们只有像李政道一样认真对待自己所做的每一件事情，重视其中的每一个细节，养成注重细节的好习惯，才能克服万难，取得成功。

研究“杂交水稻” 袁隆平

袁隆平（1930至今），汉族，江西省九江市德安县人。他是中国杂交水稻育种专家。1964年开始，袁隆平研究起了杂交水稻；1973年实现中国籼型杂交水稻“三系”配套；1974年育成第一个杂交水稻强优组合——南优2号；1975年研制成功杂交水稻种植技术，从而为大面积推广杂交水稻奠定了基础；1985年提出杂交水稻育种的战略设想，为杂交水稻的进一步发展指明了方向；1995年他又研制成功两系杂交水稻；1997年提出超级杂交稻育种技术路线。

1960年，袁隆平在他的早稻常规品种试验田里发现了一株与众不同的水稻植株，就是这株小小的水稻，启发袁隆平开始了他的杂交水稻之路。第二年春天，他把这株变异植株的种子播到试验田里，却发现长出的植株高矮参差不齐，让他感到十分失望。不过他在深入思考后，忽然有了灵感，他想：也许这颗变异植株不是纯种水稻，而是天然杂交稻。后来，他又进行了大量的实验，证明了自己的想法是正确的。

对于这个发现，袁隆平十分高兴，他知道，既然自然界客观存在着“天然杂交稻”，那么只要能够探索出其中的规律与奥秘，就一定可以按照要求培育出人工杂交稻，进而可以利用杂交优势提高水稻的产量。就这样，袁隆平立即把精力转到培育人工杂交水稻这一崭新的课题上来。

从1962年到1965年，在水稻开花的季节，袁隆平几乎每天都泡在水稻田里，头顶烈日，脚踩烂泥，低头弯腰地仔细寻找着，他找遍了上万亩稻田，终于找到了6株天然雄性不育的植株。等到水稻成熟时，采收了自然授粉的第一代雄性不育材料种子。

后来，袁隆平和助手们又花了6年时间，先后用1000多个品种，做了3000多个杂交组合，却仍然没有培育出想要的植株。袁隆平开始分析研究自己这几年失败得出的教训，终于认识到必须跳出栽培稻的小圈子，重新选用亲本材料，从而提出了利用“远缘的野生稻与栽培稻杂交”的新设想。

就这样，袁隆平又和助手到了海南岛，在那里的普通野生稻群落中，他们发现了一株雄花败育株，这正是他们苦苦寻找的植株，当时，袁隆平激动得都说不出话来了。他们赶紧把这株野生水稻连泥挖起，搬到实验田里栽培好，再用广场矮、京引66等品种测交，最终培育出了轰动世界的三系法杂交水稻的祖先之一——不育系。这个发现给杂交稻研究带来了新的转机。几年后，袁隆平又相继攻克了许多技术难关，开始了杂交育种的大面积推广。

故事启发

作为一名农业科学家，袁隆平没有满足于只待在实验室里，而是和农民一样亲自下田、亲自耕种。他天天泡在水稻田里，苦苦寻找着符合要求的水稻植株。他不畏失败和挫折，坚持探索，一次次勇攀农业科学高峰。他是不知疲倦的奋斗者，也是一心为民的拼搏者，他为我们树立了具有时代意义的精神标杆，让我们跟随着他的脚步，学习敢于创新、坚持梦想的奋斗精神。

陈景润（1933—1996），汉族，福建省福州市人。他是中国著名的数学家。1957年，他写成论文《典型域上的多元复变函数论》，获国家发明一等奖。1965年，他又发表了论文《表达偶数表示一个素数及一个不超过两个素数的乘积之和》（简称“1＋2”），这篇论文成为了“哥德巴赫猜想”研究过程中的里程碑。英国数学家哈伯斯坦和德国数学家黎希特还把陈景润的论文写进数学书中，称之为“陈氏定理”。

陈景润能够取得伟大的成就，与他认真读书的好习惯有很大的关系。他曾经这样说道：“我读书不只满足于读懂，而是要把读懂的东西背得滚瓜烂熟，熟能生巧嘛！”

陈景润最爱读的书是《堆垒素数论》，这本书是数学家华罗庚的作品，凝聚了当代数论知识的结晶，让陈景润爱不释手。为了把书中定理彻底搞清楚，他把这本书读了二十多遍。

因为整本书又沉又厚，携带不便，陈景润就专门买了两本书：一本放在书桌上，每天有空就读；另一本则一页页地拆开来带在身上，走到哪儿就读到哪儿。有一天，陈景润在图书馆查资料的时候，忽然想到了书中的一个问题，就赶紧从衣兜里掏出了几张书页，对照着思考起来。图书馆的管理员看见陈景润手中的书页，以为他撕坏了公家的书，不客气地大声地批评他。陈景润连忙向管理员解释，好不容易才让管理员知道被拆开的是他自己的书。

在这个小插曲过后，陈景润还是一如既往地认真地读着书，他除了吃饭和去图书馆外，剩下的时间都在宿舍里读书，有时读书入了迷，他连睡觉都顾不上。往往是刚躺到床上，脑海中又跳出了一个公式，接着他就很自然地从床上跳起来，又开始演算起来。同事们关心他的身体，到他的宿舍去看看，没想到一开门就看见满地都是写得密密麻麻的草稿纸，连落脚的地方都没有。

刻苦读书让陈景润获益良多，他把书中的每一个定理都牢牢地记在了脑子里，在计算问题的时候，不用翻书去寻找，就能信手拈来应用。他对于数论问题的研究也越来越深入了，还形成了自己的一套理论，并写出了一篇论文《他利问题》。很多数学家在读过这篇论文后，都用羡慕的语气评价道：“一个数学家一生中能有一个这样的发现，就算很幸运了。”

故事启发

陈景润能够把一本数学专著反复研究二十多遍，这份认真和耐心是值得我们敬佩的。同时，陈景润在读书时积极思考，他不但要理解书中的内容，还要对其进行归纳、总结和评判，使得读书能够成为一种具有高度能动性的学习活动，每读一遍都会有新的收获，这才能体现出读书的意义来。

31 发现J粒子

丁肇中

丁肇中（1936至今），汉族，祖籍山东省日照市，出生于美国密歇根州安阿伯城，是著名的美籍华裔实验物理学家。他曾发现一种新的基本粒子，并将其命名为“J粒子”。J粒子的发现大大推动了粒子物理学的发展，为此丁肇中和一位同时发现这种粒子的美国教授里克特共同获得了1976年的诺贝尔物理学奖，并被美国政府授予洛仑兹奖，又被意大利政府授予特卡斯佩里科学奖。

粒子就是能够以自由状态存在的最小的物质组成部分，最早发现的粒子有原子、电子、质子，随着科学的不断进步，人们发现了更多的新粒子，还把各种粒子分成“轻子”和“强子”两大类，而“强子”又可以再分割。丁肇中对此很感兴趣，一直在寻找新的基本粒子。

1972年，丁肇中提出在质子加速器上寻找新粒子的计划，却因为实验费用多、难度大而遭到各方面的反对。很多学术权威都说他的想法不符合常识，但他还是毅然决然地向常识挑战。

从那以后，丁肇中带领研究小组日夜奋战，坚持每个实验都做两次、检查两回，以避免出现任何一点偏差。那时候，丁肇中几乎每天都工作16个小时以上，在能量为40亿~50亿电子伏特的那一区域反复寻找新粒子，但依旧毫无所获。面对困境，丁肇中丝毫没有放弃的念头，他决定把寻找的能量范围向下调低一些，又开始了一轮新的探索。

八月底的一天，他们像往常一样开展实验。突然，仪器出现了反常的现象，计数器接收的信号骤然增加。丁肇中顿时紧张了起来，心想："莫非我们终于找到了新粒子？"他竭力抑制住自己激动的心情，嘱咐实验人员："再重新测试，多检查几遍。"

全体实验小组的成员都屏住呼吸聚集在控制室中，和丁肇中一起注视着仪表的动静，当能量接近30亿电子伏特的区域时，果真出现了一个新粒子。丁肇中和小组成员商议之后，给这个新粒子取名为"J粒子"。J粒子的发现，在当时的物理学界掀起了轩然大波，那些曾经嘲讽过丁肇中的学术权威，在事实面前，也只好承认自己的失误，并心甘情愿地向丁肇中道歉。

故事启发

一个人不可不懂常识，但要是过分迷信常识、迷信权威，可能会错过一些重要的机会。值得庆幸的是，丁肇中始终坚信自己的观点，他认为："做基础研究要有信心，你认为是正确的事，就要坚持去做。"正是凭着这种坚定的信念和严谨的研究精神，他最终发现了J粒子。

测量金字塔高度

泰勒斯

当太阳照射我形成的影子正好等于我的实际身高时，这时照射出的金字塔阴影长度就是金字塔的高度。

泰勒斯（约公元前624—公元前547或546），出生于爱奥尼亚的米利都城。他是古希腊时期的思想家、科学家、哲学家，也是希腊最早的哲学学派——米利都学派（也称爱奥尼亚学派）的创始人，被称为“科学和哲学之祖”。他在天文学、数学、哲学等方面都有建树。他提出的一些理论、定理一直沿用至今，为后世科学的发展奠定了基础。

一年春天，泰勒斯来到了埃及。当时人们想要刁难一下他，看看他是不是真的有传说中那么聪明，就派出代表问泰勒斯：“你能不能测量出金字塔的高度？”

泰勒斯略思忖了一下，就点头说：“我可以测量。”不过他并不担心会回答不出问题，因为他相信自己能够通过思考解决一切难题。

他来到了金字塔脚下，看着那高高的金字塔，起初也有点为难，不知道用什么办法才能测量出这个“庞然大物”的“身高”。就在这个时候，太阳高高升起，从他头顶照射下来，他的影子正好出现在他的眼底。看着自己的影子，泰勒斯想起了过去曾经做过的一个实验，就是在某一个时间里，太阳照射他而形成的影子正好与他的实际身高一样。这样一个小实验他当初并没放在心上，没想到今天却能派上用场了。

于是，泰勒斯每过一会儿就找人来测量一下他影子的长度，直到得到的数值与他的实际身高一样的时候，他立刻将大金字塔在地面的投影处做上记号，然后再丈量金字塔底到投影顶点的距离。之后，他稍做计算，就报出了金字塔确切的高度。

当时有很多埃及人围在他的身边，想要看他的笑话，可等他报出了金字塔的高度数字后，这些人再也不敢嘲笑他了，而是一个劲地请他讲讲计算方法。泰勒斯随手捡了一根树枝，在沙地上画了几笔，告诉大家在“影长等于身长”的时候，恰好就是“塔影长度等于塔高”的时候。那些埃及人恍然大悟，从那以后，他们再也不敢小瞧这位伟大的数学家了。

故事启发

泰勒斯的计算原理其实就是“相似三角形定理”，他在2000多年前凭借自己的领悟就能掌握这条定理，确实是很了不起的。这也说明了他有很强的观察力和学习能力，他勤于思考，而且富有创新意识，所以才能找到测量金字塔高度的窍门，做到了别人都做不到的事情。

证明“勾股定理”

毕达哥拉斯

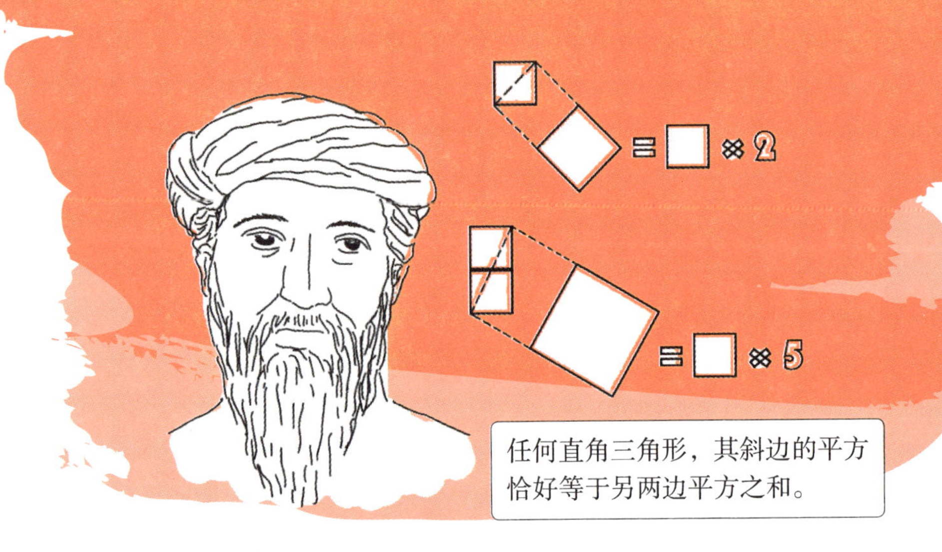

毕达哥拉斯（约公元前572—约公元前497），出生于爱琴海中的萨摩斯岛（今希腊东部小岛）。他是古希腊数学家、哲学家，曾游历古巴比伦和古印度，还曾赴意大利讲学，并创建自己的学派，称为“毕达哥拉斯学派”。该学派创立了“万物皆数”理论，最早把数的概念提到突出地位。毕达哥拉斯还证明了勾股定理（西方称“毕达哥拉斯定理”），又对数论做了很多研究，将自然数区分为奇数、偶数、素数、完全数、平方数、三角数和五角数等。此外，他在哲学、教育方面也有很多突出的成就。

毕达哥拉斯是一个热爱思考的人。有一天，他被邀请去参加一个宴会，在那里，他没有去和别人说一些应酬话，也没有被宴会的豪华布置和美味大餐所

吸引，而是面对着脚下整齐排列的石砖陷入了沉思。当然，他并不是在欣赏石砖的图案和花色，而是在思考它们和数学之间的关系。

毕达哥拉斯被这些石砖深深地迷住了，他不顾形象地蹲在地上，拿出随身携带的画笔和尺子，在一块石砖上勾画起来。他随便选了一块石砖，以它的对角线为边画了一个正方形，惊奇地发现这个正方形的面积恰好等于两块石砖的面积和。一开始他以为这只是巧合，但当他把两块石砖拼成一个矩形，再用这个矩形的对角线为边画出了另一个正方形时，又发现这个正方形的面积正好与5块瓷砖的面积相等。

毕达哥拉斯觉得非常吃惊，不过他知道这肯定不是一种巧合。当时，他便做出了一个大胆的假设：直角三角形斜边的平方恰好等于另外两边平方之和。这个想法让他十分惊喜，于是在那次宴会中，这位古希腊数学大师就一直保持蹲在地上的样子，视线一直都没有离开地面。

回到家后，他做的第一件事，就是展开稿纸进行进一步的详细演算，最终证明了自己设想的正确性，而他的这个设想就是著名的“勾股定理”，这条定理虽然早已被巴比伦人所知，但最早的证明却可以归功于毕达哥拉斯。

故事启发

即使是在参加宴会的时候，毕达哥拉斯也不忘记数学研究，他从脚下不起眼的石砖开始思考，通过演绎法证明了勾股定理。在其他人的眼中，毕达哥拉斯可以算作是“痴迷”了，但痴迷却是科学研究不可缺少的态度。不痴不迷，考虑问题就无法深入，难以专精。只有足够痴迷，才能全神贯注于问题本身，也才会不断有宝贵的灵感迸现。

科研没有捷径

欧几里得

欧几里得（公元前330—公元前275），出生于希腊雅典。他是古希腊著名数学家，也是欧氏几何学的开创者，被人们誉为“几何之父”。他的著作《几何原本》成为欧洲数学的基础，还被认为是历史上最成功的教科书。

欧几里得学识渊博，在30岁的时候，就成了闻名全希腊的学者。后来他为了更好地了解几何学，便不远千里来到了几何学的发源地——埃及，并定居于亚历山大城，在这里收集数学专著，研读过去的学者们的手稿，还向当地的几何学家请教，使自己的几何知识体系得以不断完善和丰富。

在长年累月的忘我研究后，他写出传世巨著《几何原本》，取得了巨大的成功。与此同时，几何也在他的推动下成了学术界最流行的话题之一。当时人们在聚会闲聊时都以能够谈论几何知识为荣，就连身处宫廷之中的埃及国王也不能免俗。国王本人非常自负，觉得几何学不可能难住自己，便让人找来了13卷《几何原本》，翻阅了一下。可是简单的翻阅并不能让他吃透书中的原理，他越看越头痛，只好把欧几里得请入宫中，问他："大师，你的书太难懂了，除了看书之外，有没有什么捷径可以帮助我精通几何学？"欧几里得摇了摇头，微笑着说："陛下，实在抱歉。从事科研工作是没有捷径的，尽管您是尊贵的国王，也必须和那些普通的学子一样下工夫钻研，才有可能摸到几何学的门道。"

国王一听，顿感失望，又问欧几里得："那我拿出一年时间来研究，能学会吗？一年不够的话，三年行吗？"欧几里得又一次摇头道："不够不够，任何一门科学知识都需要长期认真学习才能掌握，几年时间只能了解皮毛，要想深入研究，一辈子的时间都嫌不够呢！"听完他的话后，国王只好无奈地承认自己是没有这个耐心去苦学知识的。

欧几里得离开后，国王看着他的背影，感叹道："我现在明白了，科学的世界里，就没有专为国王铺设的大道。"

故事启发

在科研的道路上，有很多人都梦想能走捷径。的确，捷径走起来不仅更加轻松省力，还能节省时间，但捷径是否真实存在呢？答案是否定的。走捷径的人大多采用了投机取巧的办法，可这就意味着他们无法把事情做精做细、做深刻做到位。从短时间来看，捷径也许能够发挥一定的效果，可时间一长，负面作用就会一一显现，到时候就会让人们付出不小的代价。所以我们一定要放弃找捷径，想要有所收获，就要像欧几里得这样耐得住性子去钻研，最终才有可能获得丰厚的回报。

35 发现浮力原理

阿基米德

阿基米德（公元前287—公元前212），出生于希腊西西里岛东南端的叙拉古城。他是伟大的古希腊哲学家、数学家、物理学家、力学家。阿基米德在力学方面的成绩最为突出，他证明了杠杆原理，并利用这一原理设计制造了许多机械。他还发现了浮力原理，也就是有名的阿基米德原理。在数学、天文学方面，他也取得了突出的成就，还享有“力学之父”的美称。

叙拉古赫农王让工匠打造了一顶纯金的王冠。王冠做好后，国王接到密报说工匠私吞了一部分黄金，还在王冠中掺入了同等重量的白银。国王想知道工匠有没有捣鬼，但却找不到好办法来测定一番。

国王把这个难题交给了阿基米德，要求他既要检验出是否掺假，又不能破坏王冠。阿基米德考虑再三也没想出检验的办法，他为此烦恼不已，吃饭、睡觉都一直在苦苦思索。

有一天，他想去澡堂洗澡。当他坐进浴盆时，看到水位向上升起，同时感到身体被看不见的力量轻轻托起。他又试着从浴盆中站起来，看到浴盆的水位立即下降了。当他全身都躺入浴盆后，水位变得更高了，甚至还有一部分溢出了浴盆，而他也感觉到自己变得更轻盈了。他认为这一定是水对身体产生了向上的浮力，而溢出的水的体积则和自己的人体体积相同。他突然想到了解决王冠问题的办法，于是兴奋地跳出浴盆，嘴里还大声喊着："尤里卡！尤里卡！"（尤里卡，即Eureka，意思是"我知道了"）

阿基米德马上找来了同样重量的黄金、白银，同时放入装满水的浴盆，发现白银溢出的水比黄金溢出的水要多得多。这证实了他的想法：浮力与排水量（物体体积）有关，与物体的重量则没有关系。因此他要做的就是找到一块和皇冠同等重量的金子，然后比较两者的排水量。

之后，他把王冠和同样重量的金子放进水里，发现王冠排出的水量比金子的大，这表明王冠的体积更大，在重量相同的情况下，就说明王冠的密度比金子的密度小，所以王冠肯定是掺假的。就这样，阿基米德为国王解决了难题。更加重要的是，他还发现了浮力原理：水对物体的浮力等于物体所排开水的重量。直到现在，人们还在利用这个原理计算物体密度和测定船舶载重量。

故事启发

阿基米德热爱科学，即使在洗澡的时候，他也会专心致志地思考，并且从普通的现象中获得了启发，找到解决难题的办法。我们遇到难题的时候也要像他一样忘我地思考和钻研，那样再困难的问题也会有获得破解的可能。

尼古拉·哥白尼（1473—1543），出生于波兰维斯杜拉河畔的托伦市。他是文艺复兴时期的波兰天文学家、数学家，也是现代天文学的开创者和“日心说”的创立者。他经过长年的观察和计算，完成了伟大的著作《天体运行论》。他还正确地论述了地球绕其轴心运转、月亮绕地球运转、地球和其他所有行星都绕太阳运转的事实。他所坚持的“日心说”沉重打击了教会的宇宙观，是唯物主义和唯心主义斗争的伟大胜利。

公元2世纪，古希腊的天文学家托勒密通过总结前人在400年间天文观测的成果，提出“地球是宇宙中心”的学说，当时世人普遍接受这一说法。再加上这个学说与神学家所鼓吹的宇宙观不谋而合，所以一直备受追捧，流传了

1400多年。

到了哥白尼生活的时代，这种情况仍然没有改变。年轻的哥白尼对天文学产生了兴趣，利用一切闲暇时间刻苦攻读天文学著作，还坚持观测天象。他钻研了托勒密的著作，发现其中的结论同证明方法之间存在极大的矛盾，这让哥白尼对“地心说”产生了强烈的怀疑。可是证明托勒密学说的真伪是一个非常困难的工作，哥白尼做了很多努力，但始终没有找到一个突破口。

一个夜色清朗、繁星闪烁的夜晚，哥白尼正站在圣约瑟大教堂的塔楼上观察星象，突然间，他注意到组成“金牛座”的一颗发亮的星星“毕宿五”在和月亮尚未完全相接的时候，就悄然隐没在月色中了。这时他想起托勒密曾经说过：“月亮的体积时而膨胀时而收缩，满月是膨胀的结果，新月是收缩的结果。”一直对这种说法感到荒谬的哥白尼高兴地笑了起来，他想：“我终于找到方法证明托勒密学说的谬误了。”

他想办法测定出了“毕宿五”隐没的时间，计算出了十分精确的数据，证明当时毕宿五和月亮之间的“距离”其实就是月亮亏食的部分，由此可见，“毕宿五”是被月亮的阴影所掩没的，也就是说月球的体积并没有缩小。就这样，哥白尼将托勒密的“地心说”打开了一个缺口，也为他在日后大胆推出“太阳中心说”奠定了基础。

故事启发

托勒密的错误论断，能够影响世人长达1400年之久，固然与时代的局限性有关，但也是因为人们不敢否定权威所致。幸好有哥白尼这样的科学家，才让事情发生了改观。哥白尼让我们见证了一种不畏强权、敢于捍卫真理的精神，正是有了这种精神，才能让科学技术得以不断进步。

走向天文学研究 第谷

第谷·布拉赫（1546—1601），出生于斯坎尼亚省基乌德斯特普。他是丹麦天文学家和占星学家，是最后一位也是最伟大的一位用肉眼进行观测的天文学家，他编制的一部恒星表相当准确，至今仍然有使用价值。他对天文学的贡献是不可磨灭的，他所做的观测精度之高是同时代的人望尘莫及的，所以他曾被称为是近代天文学的奠基人。

第谷作为一位伟大的天文学家，其成就之高，在同时代的天文学家中都称得上是佼佼者。不过，这位著名的天文学家最初在求学的时候却并不是研究天文学的，那么他是如何走上这条科学之路的呢？这一切都源于一次偶然的对天文现象的观察。

第谷家境富裕，他13岁就到哥本哈根大学学习法律和哲学，他原本的志向是成为一名出色的政治家。可是在1560年8月的一天，他的志向发生了根本性的改变。

那天下课后，第谷正计划着要去参加休闲活动，可他听说当天会有日食发生。那时的他对天文学毫无了解，甚至不知道什么是日食，因为当时实在无事可做，他就和同学结伴，一同观察了这次日食现象。

日食刚开始的时候，第谷看到太阳那原本强烈得好像能把人烤焦的光线竟在一点点地减弱。接着，太阳好像被一个巨大的黑影慢慢遮住了一样，变得越来越黯淡无光。突然之间，天色完全暗下来了，太阳似乎被什么东西彻底挡住了，此时明明还是白天，可看上去却和伸手不见五指的黑夜一样。

没过多久，遮挡太阳的“庞然大物”开始一点点移动自己的“身子”，太阳也随之渐渐地显露出来。阳光一缕一缕地洒向这片大地，不一会儿，天色就由黑转亮了。等到太阳完全呈现在第谷眼前时，整片大地也恢复了原来的样貌。

“原来这就是日食啊！它到底是怎么发生的呢？真是太神奇了！”欣赏完日食后的第谷，不禁在心中暗暗地赞叹。从此以后，第谷开始对天文学产生了强烈的兴趣。他把全部的业余时间都用来研究天文学，等到大学毕业后，他就游历欧洲诸国，广交朋友，共同探讨天文学问题，并最终成为伟大的天文学家。

故事启发

每个人都需要有自己的志向，这能够让你找到前进的方向。不过志向也不是不能更改的，如果在成长的道路上，你发现了自己更感兴趣的事情，并确定从事这件事情可以让自己发挥出全部的聪明才智，那就可以像第谷一样果断地改变志向，然后就努力投入其中，坚持不懈地奋斗，最终，你就可以走出一条独属于你自己的成功的道路。

发现“摆的等时性”原理

伽利略

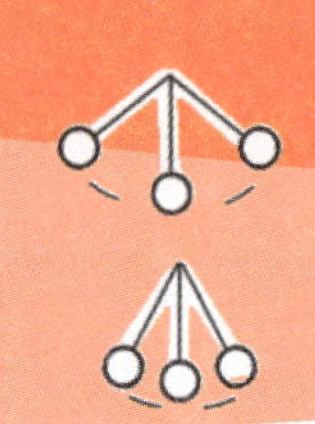

伽利略（1564—1642），出生于意大利西海岸比萨城。他是意大利伟大的物理学家、数学家和天文学家。伽利略首先在科学实验的基础上将数学、物理学和天文学三门知识融会贯通，扩大、加深并改变了人类对物质运动和宇宙的认识。他还从实验中总结出自由落体定律、惯性定律和伽利略相对性原理等，从而推翻了以亚里士多德为代表的经院哲学对科学的禁锢。他还开创了以实验事实为根据并具有严密逻辑体系的近代科学，因而被誉为“近代科学之父”。

伽利略从小就对科学知识充满浓厚的兴趣，只要在日常生活中发现了有趣的现象，他就一定会仔细钻研，务必要搞清楚其中的科学道理。有一次，伽利略到教堂做礼拜。在仪式开始前，他无聊地四处张望着。忽然，一阵风从外面吹进来，悬挂在教堂天花板上的吊灯左右摆动了起来，吸引了他的注意。他盯着吊灯看了一会儿，发现它的摆动有一定的规律。

伽利略想要测量吊灯的摆动时间，可又没有带怀表，他就凭借以前掌握的医学知识，用脉搏跳动次数来帮助测量。他把右手指按到左腕的脉搏上计时，同时数着吊灯的摆动次数。开始的时候，吊灯在一个大圆弧上摆动，摆动速度较快，伽利略测算了来回摆动一次的时间。过了一会儿，吊灯的摆动幅度渐渐减小，速度也慢了下来。伽利略又测量了来回摆动一次的时间，竟然发现两次摆动时间是相同的。

这个发现让伽利略很是惊讶，他本以为摆幅短，所用的时间也会变短，但事实却并非如此。为了彻底弄清楚这个问题，回家之后，伽利略又找来了绳子，把它剪成长短不同的几段，又在每段的下端都拴了一个重量不同的砝码，然后从屋顶吊下来，做成了好几个“钟摆”。之后他摆动绳子，让“钟摆”像教堂里的吊灯一样匀速摆动。通过多次实验后，他得出了这样的结论：只要摆长不变，所有的东西不管轻重大小，来回摆动一次所用的时间是相同的，而这就是著名的“摆的等时性原理”。

我们现在用的钟摆和手表上秒针、分针、时针的转动轨道，就是根据伽利略的“摆的等时性原理”制造的。伽利略还根据这一原理，发明了医学上测量脉搏的“脉搏器”，为医学的发展做出了贡献。

故事启发

伽利略对科学问题非常敏感，他通过观察极普通的吊灯摆动的规律发现了重要的物理学原理，这表明他具有心思细腻、善于观察的优点。除此以外，伽利略严谨的治学态度也是值得我们学习的，他对观察到的现象没有妄下断言，而是通过大量的实验去证实自己的想法，有了这种求真、求实的态度，就能避免犯下主观臆断的错误，得到的结论也会更加精确可靠。

证明行星运动定律 开普勒

约翰尼斯·开普勒（1571—1630），生于符腾堡的威尔德斯达特镇。他是德国著名的天体物理学家、数学家，曾提出过著名的行星运动三大定律，即轨道定律、面积定律和周期定律。这三大定律也让他获得了“天空立法者”的美名。另外，他在光学、数学领域也做出了重要的贡献，还是现代实验光学的奠基人。

1596年，开普勒接受了伟大的天文学家第谷的邀请，成为他的助手。开普勒对第谷的记录进行了仔细的数学分析后，得到了一个惊人的结果，那就是第谷的观察结果竟然与当时存在的三种行星运动学说——哥白尼的“日心说”、古老的“托勒密地心说”以及第谷本人提出的第三种学说都不相符，这让开普勒觉得十分奇怪。

开普勒曾经按照当时通用的方法计算过火星的轨道，在经过七十次尝试之后，他沮丧地承认自己算出的火星位置与第谷的观察结果存在8分（即1.133度）的误差。开普勒认为这不可能是第谷的观测出现了问题，那么到底是哪里出了错呢?

为了探明其中的原委，开普勒开始了抽丝剥茧般的探究。在花费了大量时间和精力后，他终于找到了问题的关键，那就是在开始计算的时候，他与第谷、哥白尼等天文学家一样，都是先假定行星轨道是圆形的，但实际上行星轨道却是椭圆形的。

为了证明自己的猜测与第谷真实的观察记录相符，开普勒不得不又花费了数月的时间，进行了复杂而精确的计算。在这一过程中，每一次计算都将影响到最后的结论，所以他一刻都不敢掉以轻心，因为他知道哪怕只是一个毫不起眼的小数点被点错，或是一个最简单的数学公式出现了运用错误，都会让结果变得不具有参考价值。

就这样，在一次又一次十分严谨的计算后，开普勒终于证明了自己的想法是正确的。1609年，在他的伟大著作《新天文学》一书中，他提出了“开普勒第一定律”，证实了每个行星都在一个椭圆形的轨道上绕太阳运转，而太阳位于这个椭圆轨道的一个焦点上。这条定律的发现，为天文学的发展指出了正确的方向。

故事启发

在开普勒身上有一种可贵的怀疑精神，他独具慧眼，发现了前人研究中存在的谬误和不足，提出了突破性的天文学理论。今天的我们在学习前辈总结的经验的同时，也要有自己的怀疑精神，怀疑是进步的开始，也是创新的起点，只有对旧知识进行大胆的质疑，才能培养出探求新知的勇气和毅力。

水桶漏水引发的故事

帕斯卡

布莱士·帕斯卡（1623—1662），生于法国多姆山省克莱蒙费朗城。他是著名的数学家、物理学家、思想家和散文家。他最突出的成就是在《关于圆锥曲线的论文》中提出的“圆锥曲线内接六边形其三对边的交点共线”理论，这条理论被称为“帕斯卡定理”。帕斯卡还计算了三角函数和正切的积分，并最早引入了椭圆积分，还发明了世界上最早的机械计算器——加法器。在物理学上，他提出流体能传递压力的定律，即帕斯卡定律。后人用他的名字来命名压强的单位，简称“帕”。

一天，23岁的帕斯卡正在屋里看书。一位名叫勒威耶的仆人提着满满一桶水走进屋里。桶的外壁破了几处，水不断地往外喷射。

“等会儿，勒威耶，把水桶放下！”帕斯卡突然喊道。

“啊？可不能放在这里呀！这里一会儿就会变成一个大水塘的。”勒威耶说道。

“没关系，就放在这里吧！”帕斯卡坚持道。

帕斯卡绕着水桶转了两圈，又看了一下地上的水痕，对勒威耶说道：“桶上破的几处大小几乎一样，但为什么喷射出来的水的落点却远近不同呢？桶下部喷出的水明显比上部要远一些。”

听帕斯卡这样一说，勒威耶也注意到了这个有趣的现象，觉得很是奇怪。为了找出现象背后的原因，帕斯卡聚精会神地研究了很久，等到桶里的水流完了，他就让勒威耶去提来一桶水，接着观察。

一连几天，帕斯卡都沉浸在对水桶的研究中，终于，他把这个问题研究清楚了。他将答案讲给勒威耶听：“水桶侧壁的破洞离水面越深，压强就越大，水流出的速度也就越快，落点就会越远。”勒威耶虽然听不懂，但还是连连点头，称赞帕斯卡真聪明。

几天后，帕斯卡制作出了一个带有密封式盖子的木桶，在桶里灌满水后，盖好了盖子，然后在盖子中央开了个小孔，再把一根长长的细铁管插到小孔上。之后，他从管子上方倒了几杯水，看着管子里的水渐渐升高，当管中的水到达一定的高度时，木桶“啪”的一声裂开了。勒威耶觉得更奇怪了。帕斯卡告诉他说：“水的压强和深度有关，深度越大，压强就越大。我现在用管子增加了水的深度，木桶在压强作用下，就被撑破了。”后来，帕斯卡还根据这两件事总结出了规律，创造出了著名的“帕斯卡定律”。

故事启发

对于善于观察生活和开动脑筋的帕斯卡来说，破旧的水桶变成了一项科学研究的道具，可以帮助他解决科学难题。由此可见，科学其实是来源于生活的，有趣的科学现象就存在于我们的周围，只要有一双善于发现的眼睛，就能够观察到它们，并能够有所收获。

发现石蕊试纸　波义耳

罗伯特·波义耳（1627—1691），出生于爱尔兰的利兹莫城。他是英国著名的化学家。他率先提出了化学元素的概念，还提出了微粒说，并研制成功了石蕊试纸，至今仍在被广泛应用。他还在实验中发现了硝酸银白色沉淀物遇到空气会变成黑色，这为后世发展照相技术提供了必要的基础。此外，他还首先将化学分析方法运用于临床医学，并证明血液中含有氯化钠和铁。他的著作《怀疑派化学家》对于化学发展也产生了重大的影响，很多化学家都把这本书出版的时间1661年作为近代化学的开始年代。

波义耳认为，细心的观察是实验能否取得成功的关键环节，在实验过程中不能放过每一个细小的步骤，因为只有这样才能保证实验的准确性及科学的严

谨性。波义耳本人正是这么做的，也因为他的细心，他常常会有意外的收获。

在一次非常重要的实验中，由于波义耳精神高度紧张，在放在实验室里的紫罗兰花瓣上不小心溅了几滴浓盐酸。本来就非常喜欢花的波义耳心疼极了，他急忙把冒着青烟的紫罗兰用水冲洗了一下，然后重新插回花瓶里。

做完实验后，波义耳再去查看这束紫罗兰的时候，却发现原本深紫色的花瓣竟变成了红色。这是怎么回事呢？波义耳没有忽略这个细节，他立刻投入到新的研究中去。他先摘了一朵紫罗兰，浸入装有盐酸的烧杯中，果然发现花瓣从深紫色慢慢地变成了红色。接下来，他又用其他酸液浸泡紫罗兰，发现花朵都会从深紫色变成红色。

他越实验越有激情，又取来了许多种花木，分别制取了浸出液，用它们与酸碱相互作用，结果发现大部分的花草浸出液在酸或碱的作用下都能改变颜色，其中要以石蕊提取的紫色浸出液最明显，它遇酸会变成红色，遇碱则变成蓝色。

于是，波义耳就用石蕊浸出液把纸浸透，然后烤干，再切成均匀的细条，就制成了实验中常用的酸碱试纸——石蕊试纸。

故事启发

波义耳对实验过程中的每一个微小的细节都非常重视，他知道哪怕只是一点点不易引人注意的细小变化，都可能是打开未知领域的一把钥匙。我们也应当学习他的这种做法，对于每一个细小的问题都要尽量去探索，而这会让我们在求知的道路上获益良多。

安东尼·范·列文虎克（1632—1723），生于荷兰代尔夫特。他是荷兰微生物学家、显微镜学家。他十分热爱磨制透镜的工作，并用其观察自然界的细微物体。他一生中磨制超过500个镜片，并制造了400种以上的显微镜，其中有9种至今仍有人使用。利用这些透镜，列文虎克在生物学上取得了不少成果，其中最主要的成就是首次发现微生物，并最早记录了肌纤维、微血管中的血流。

列文虎克家境贫困，16岁的时候就外出谋生了。尽管生活艰苦，但他非常热爱学习，特别喜欢研究新奇的事物。有一天，一位朋友告诉他阿姆斯特丹有许多眼镜店，工人们除了磨制镜片外，也会磨制放大镜，这种放大镜可以把看不清的小东西放大，让人看得清清楚楚。

好奇心强烈的列文虎克被朋友的话深深打动了，他越想越感兴趣，就打算买一个放大镜回来试试。可当他到眼镜店一问，才知道放大镜的价格十分昂贵，以他当时的收入水平根本就买不起。

当他带着失望的心情从眼镜店退出来的时候，正好看到一个工人在使劲磨制镜片。他灵机一动，心想：不如我自己来磨一个镜片吧！于是，他站在工人身旁细细观看，发现磨制的方法并不难，只要足够仔细和耐心就行。

回到家后，列文虎克通过自己的努力，终于磨制成功一个小小的透镜。可惜这个透镜实在是太小了，使用起来很不方便，列文虎克就在透镜的下边装了一块铜板，上面钻了一个小孔，使光线透过小孔，反照出所观察的东西来。就这样，列文虎克制成了第一台显微镜，它的放大能力竟超过了当时世界上所有的放大镜。

有了自己的显微镜后，列文虎克便十分欣喜地观察起了周围的一切。他观察过自己的皮肤，还看过蜜蜂的螫针、蚊子的长嘴和一种甲虫的腿，各种各样的晶体、矿物、植物、污水等也都成了他的研究对象。可是，当他想看到更加微小的东西时，却发现这台显微镜看不清。

列文虎克就想研究出功能更加强大的显微镜。几年后，他制成的显微镜已经能把细小的东西放大到二三百倍。从1674年起，他开始观察细菌和那些非常微小的动物（即原生动物），他就这样成了世界上第一个游历“小人国”的人。

故事启发

作为一个没有任何知识基础和技术指导、单凭自学就能取得如此巨大成就的人，列文虎克的成功令人慨叹。在科学的道路上，列文虎克追寻不止，永不疲倦、永不满足，这让他能从宏观世界一步步迈入微观领域。如果我们都能有这种永不满足的精神，就会不断获得可喜的进步，并能超越自我的能力极限，去完成更加伟大的使命。

43 发现万有引力 牛顿

艾萨克·牛顿（1643—1727），出生于英国林肯郡伍尔索普村。他是英国伟大的物理学家、数学家、自然哲学家和天文学家，被誉为“近代物理学之父”。他提出了万有引力定律、牛顿运动定律，还与莱布尼茨共同发明了微积分。他还设计并实际制造了第一架反射式望远镜（现称作牛顿望远镜），并发明了光的色散原理。为了纪念他在经典力学方面的巨大贡献，后来人们还用“牛顿”作为衡量力的大小的物理单位。

牛顿从小就喜欢思考科学问题，对很多事物都有强烈的好奇心。在一个安静的晚上，牛顿坐在自家的花园里观赏月亮。他抬头仰望浩瀚苍穹中，忽然想到一个奇特的问题：为什么月亮能够一直绕着地球运转，却不掉落下来呢？

就在这时，一个东西砸在他的身旁，这突如其来的一击把他从沉思中惊醒了。他仔细一看，才发现是一颗又红又圆的苹果从树上掉落了下来。牛顿捡起了苹果，又陷入了思考，他想：真奇怪啊，为什么苹果没有飞向天空，也没有落到其他地方，而是刚好掉落在正下方的位置呢？会不会是地球存在着某种引力，才会把所有的东西都引向地球呢？苹果如此，月亮也是如此，它们好像都在被一种无形的力量拉扯着，那么，这种力量又是什么呢？

这一个个问题困扰着牛顿，他开始从“苹果落地”的事件出发，一步一步进行深入研究，终于发现了万有引力定律。有了这个定律，月亮围绕地球运转而不会掉落下来的现象就不难解释了：月亮一定是在地球引力的吸引下做高速运转，因为有引力，它就不能远离地球；因为有速度，它就不会像苹果一样掉落下来。

牛顿就这样靠着好奇心解开了这个谜团，他和苹果树的故事也流传了开来。后来，那棵苹果树一直被人们精心保护着，其中的一截木片还被作为珍贵文物保存在英国皇家学会中。

故事启发

在好奇心的影响下，牛顿没有忽视苹果落地这一平常事件，他不断探索研究，最终发现了“万有引力定律”。好奇心的确是人类进步的巨大动力，也是创造性人才的重要特征，很多科学家能够取得伟大的成就，原因就在于他们对新颖的事物、奇怪的现象怀有十分狂热的好奇心。青少年也应当注意培养好奇心，要努力去追求现象背后的本质，从而创造出一个又一个新的奇迹。

预测彗星

哈雷

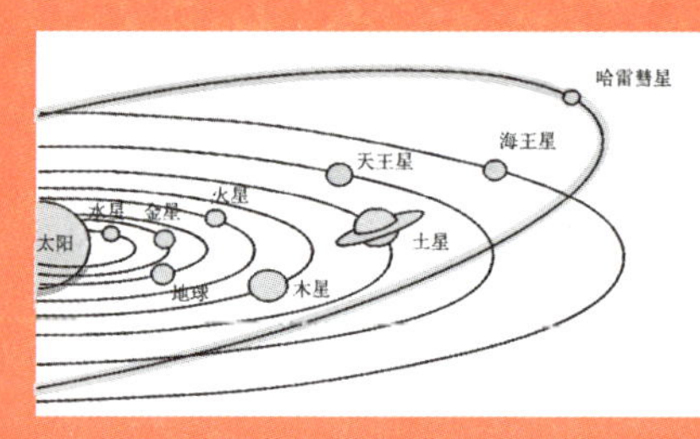

这三次所观测到的彗星，不是不同的三颗，而是同一颗。而且一定还会再回来的！

埃德蒙多·哈雷（1656－1742），出生于英国伦敦。他是英国著名的天文学家、地理学家、数学家、气象学家和物理学家。他编制了第一个南天星表，弥补了天文学界原来只有北天星表的不足。之后，他还发明了深海潜水钟，写过有关磁力、潮汐和行星运动方面的权威文章。他还发现了月亮运动的长期加速现象，为精密研究地、月系的运动做出了重要贡献。今天我们常看到的等高线地形图、有等压线的天气图，其实也都来自哈雷的创意。

1680年，24岁的哈雷与巴黎天文台第一任台长卡西尼合作观测当年出现的一颗大彗星。从此，他对研究彗星产生了浓厚的兴趣。

此后，哈雷孜孜不倦地研究彗星，花费了大量时间对过去的彗星观测记录做了详细的整理。他发现1682年出现的一颗彗星的轨道根数与1607年和1531年出现的彗星轨道根数十分相近，而且，它们出现的间隔时间也很有规律，大致每76年出现一次，这一现象引起了哈雷的关注。

哈雷为了弄清楚这其中的奥秘，又参考了很多资料，并运用牛顿万有引力定律对其进行了反复的推算，最终得出了结论：这三次所观测到的彗星其实是同一颗彗星，并且他还发表观点，认为这颗彗星会在1759年的时候再次出现。

当时，人们都觉得彗星是不详的象征，哈雷的言论在英国甚至在欧洲都引起了强烈反响，哈雷本人也遭到了天主教徒们的冷嘲热讽。但是他并不害怕那些流言蜚语，他坚信自己的观点，并进一步推断出这颗彗星还会在1835年、1910年再次归来。

不出哈雷所料，1759年3月13日，也就是哈雷去世17年后，那颗明亮的彗星拖着长长的尾巴再次出现在了夜空中，这一幕震撼了整个欧洲天文界，也让当时嘲笑过哈雷的人羞愧难当。遗憾的是，哈雷自己却未能亲眼看到这幅画面。为了纪念他，后人便将这颗彗星命名为“哈雷彗星”。

值得一提的是，1835年、1986年和1910年，这颗彗星都出现了，这更是让人们对哈雷佩服不已。

故事启发

哈雷的预言看似大胆，却是有科学依据的，而哈雷为了获得这些依据，长时间查阅、梳理海量的资料，并使用科学定律进行计算分析。也正是因为这样，哈雷才敢在众人的言辞攻击中坚信自己的推测。所以，如果我们想要证明自己是对的，就要努力去寻找更多的依据，要用事实去说服别人。

本杰明·富兰克林（1706—1790），出生于美国马萨诸塞州波士顿。他是著名的科学家、音乐家、政治家、外交家、哲学家、文学家和发明家。他在电学方面成就显著，是探索电学的先驱者之一。他曾进行多项关于电的实验，创造出如正电、负电、导电体、电池、充电、放电等世界通用的专用词汇，并发明了避雷针；他还发明了双焦距眼镜、玻璃琴、摇椅、颗粒肥料等，还改进了路灯、取暖炉，方便人们的生活。

1746年，富兰克林对刚刚兴起的电学产生了浓厚的兴趣，还在家中做了大量的实验。有一次，富兰克林正在做实验的时候，他的妻子丽德不小心碰到了“莱顿瓶”（一种用于储存静电的容器），被电火击倒在地，受了轻伤，修养了一个多星期才逐渐恢复过来。这虽然只是一次意外，但富兰克林却联想到了空中的雷电。当时人们都说打雷闪电是天上的上帝在发怒，可富兰克林却认为雷电应该也是一种放电现象，并决心用事实来证明自己的观点。

于是，他挑选了一个电闪雷鸣的日子，和儿子威廉一起带着一个上面装有金属杆的风筝来到一片空地上。他们将风筝放上了高空，放风筝的线是用麻绳做的，绳子下端结上一段丝带，丝带旁边绑上了一段铁丝，富兰克林站在房子里面攥住丝带。风筝越飞越高，伴随着闷雷和闪电的亮光，大雨倾盆而下。此时被淋湿的麻绳变成了能使电流通过的导体，富兰克林用手小心地靠近风筝上的铁丝，只听“啪”的一声，他感觉手臂一阵发麻。他抑制不住内心的激动，大声对儿子喊道：“威廉，我触电了！”

随后，他将风筝线上的电引入莱顿瓶中，成功地捕捉到了雷电。回到家后，他用雷电进行了各种电学实验，证明了雷电与人工摩擦产生的电性质是完全相同的。于是他向世人宣告，雷电只是普普通通的放电现象，根本不是人们一直以为的“上帝的怒火”。这次实验的成功使富兰克林在全球科学界名声大振，他的科学著作也被译成了多种语言。不过富兰克林并没有因此而骄傲自满，也没有停止对电学的研究，还根据放电的原理发明了避雷针。

故事启发

富兰克林的这次成功看似偶然，却绝非偶然，他勇于探索，不怕为科学而献身，坚持求索真知，这才揭开了雷电的秘密，让人们彻底告别了“上帝的怒火”的无稽之谈，翻开了人类在电学研究史上的一个新篇章。不过他的方法毕竟有很大的危险性，我们不能模仿这种过于冒险的做法，但却能学习他身上那种勇敢无畏的精神。

统一动植物命名　林奈

卡尔·冯·林奈（1707—1778），出生于瑞典斯莫兰市。他是瑞典著名生物学家，曾创立了动植物双名命名法，并于1735年发表了重要著作《自然系统》。他的“双名法”对动植物分类研究工作产生了巨大的影响，而他的界、门、纲、目、科、属、种等物种分类法至今仍被沿用。

在林奈生活的时代，生物学有了很大的进展，大量的动物、植物化石被发现，人们认识了更多的新物种，也兴起了一股学习生物学的新浪潮。

林奈的父亲就是一位生物爱好者，他在自家的花园中种植了多个品种的花草树木，小林奈跟着父亲边认边学，培养了对植物学的最初的热爱。随着他一天天长大，花园已经不能满足他的探索欲了，他就常常到郊外去寻找新物种。

每次看到了不认识的植物，他都会兴冲冲地取样，然后拿回来询问父亲。父亲每给他讲一个知识点，他就小心地记在笔记本上，然后反复背诵，把它们深深地“刻”在脑子里。如此一来，他认识的植物越来越多，对于各种植物的性状更是达到了如数家珍的程度。

等他上了大学后，就开始进行系统的生物学学习，还随探险队进行野外科考，收集了很多宝贵的资料。在此期间，他发现有很多动植物的学名很是冗长，而且有的动物或植物竟然有好几个名字，有的不同的动植物却又在共用一个名字，这给他的研究工作带来了很大的不便。他就想到了一个好主意——简化生物命名系统，让动植物都拥有自己独一无二的“学名”。

那么，该怎么给生物起名字呢？他思考再三后，决定用“双名法”来命名，这种方法就是用两个拉丁英文单词来称呼生物，其中第一个词是属名，为名词；第二个词是种名，为形容词，用来表示物种的特性。在两个单词后面，还可以加上发现者的名字作为纪念，比如银杏树的学名为Ginkgo biloba L.，其中Ginkgo是属名，biloba是种名，后面的字母L.是林奈名字的缩写，表示是林奈发现了这种植物。林奈还规定，这种学名要尽量简化，这样人们研究、交流、学习起来才会更加方便。

这种“双名法”被推广之后，得到了生物学家的普遍欢迎，从此以后，生物学名的混乱局面结束了，生物学也进入了高速发展的阶段。

故事启发

林奈对生物有着特殊的喜爱之情，而且他好学不倦，乐于到大自然中探索学习，积累了丰富的实践经验，因而才能想出富有创造性的好办法。他的故事告诉我们，想要获得伟大的成就，兴趣、努力、实践、创造力缺一不可。

从童谣中得到启发

罗蒙诺索夫

米哈伊尔·瓦西里耶维奇·罗蒙诺索夫（1711—1765），出生于阿尔汉格尔斯卡亚省杰尼索夫卡村。他是俄国百科全书式的科学家、语言学家、哲学家和诗人。他第一个记录了水银的凝结现象，还以物质守恒定律的思想阐述了物质微粒的形态及热传导的原理。此外，他还提出了物理化学中著名的质量守恒定律，这为后世相关学科的创立和发展打下了可靠的理论基础。

罗蒙诺索夫出生在一个渔夫家庭，他从很小的时候就跟随父亲出海捕鱼。在出海途中看到的那些奇妙的自然景观也开阔了他的视野，培养了他强烈的好奇心。

有一天，罗蒙诺索夫听到村子里的姑娘们在唱一首童谣，歌词是这么写的：“这里的白昼为什么又来临？这里的月牙为什么这般明？这里的星儿为什么这般密？这里的风儿为什么这般疾？”

听到这首童谣里的那些问题后，罗蒙诺索夫像着了魔一样，每天都在思索着答案。与此同时，他的脑海中也涌现出了无数个问题，他想：大海的尽头在哪里？天上的星星为什么不会掉下来呢？为什么……他想要问问父亲，但是父亲却是一个目不识丁的文盲，根本无法解答他的问题。罗蒙诺索夫又想从书上寻找答案，可是村里住着的都是些渔民，手中几乎没有任何藏书，罗蒙诺索夫十分渴望能够得到一本真正的《百科全书》，以帮助自己排疑解惑。

在一个风雨交加的日子里，罗蒙诺索夫和父亲在海上艰难地航行着。突然，狂风大作，海水掀起巨浪，差点把他们的船打翻。危急时刻，罗蒙诺索夫冒着危险爬上了摇摇晃晃的桅杆，把即将被吹落的风帆扎紧，让渔船恢复了平稳。

等到他们脱险后，父亲高兴地拍着他的肩膀说：“孩子，你长大了，成了一个真正的男子汉了。我要送你一份礼物，你说说看最想要什么？”罗蒙诺索夫不假思索地说：“爸爸，我要那种什么知识都有的书，我想知道为什么会有白天、黑夜，为什么会有刮风和闪电……”

父亲没想到孩子每天都在琢磨着这样的问题，他虽然感到很不理解，但还是给儿子买回了一套百科全书。而这些书籍也成了罗蒙诺索夫最好的伙伴，为他打开了一个全新的世界，让科学知识的光芒照射到他的人生里。

故事启发

听到童谣的人很多，但绝大多数人只会对其中的问题一笑了之，只有像罗蒙诺索夫这样对点滴小事都充满好奇心的人，才会将那些问题放在心上，一心想要找到确实的答案。不但如此，他还不断拓宽思想的疆域，凡事都要提出几个“为什么”，正是因为有了这样的求知欲和探索精神，他才能够成为令人敬仰的科学家。

改良蒸汽机

瓦特

詹姆斯·瓦特（1736—1819），出生于苏格兰格拉斯哥格林诺克镇。他是英国著名的发明家，也是第一次工业革命的重要人物。瓦特最大的成就是改良了当时刚出现的蒸汽机，提高了蒸汽机的热效率和运行可靠性，对社会生产力发展做出了杰出贡献。除了蒸汽机外，他还发明了气压表、汽动锤等。人们为了纪念他，将功率的单位称为瓦特，常用符号“W”表示。

瓦特小时候住在一个小镇上，家家户户每天都要用火炉烧水做饭，但是很少会有人注意到水沸腾时的样子，只有小瓦特会留心观察这个现象，还开始思考其中的原因。

有一天，瓦特在厨房里看祖母做饭。当时火炉上放着的一壶水快开了，水蒸气不停地往上冒，尽管壶盖紧紧地盖着，却还是被水蒸气一点点向上顶起。随着水蒸气越来越多，壶盖被顶起的幅度也越来越大。后来，壶盖开始跳动起来，一下，两下……发出了“啪啪”的声响。瓦特观察了好半天，感到很奇怪，猜不透这是什么缘故，就问祖母：“壶盖为什么会不停地跳动呢？”

祖母随口回答道：“水开了就会这样，没什么好奇怪的。”

瓦特心中仍有疑惑，他继续追问道：“为什么水开了壶盖就会跳动呢？是什么东西在推动它呢？”

祖母正忙着烧饭做菜，没有时间回答瓦特的问题，她不耐烦地说：“我怎么知道？你一个小孩子为什么总是问这些莫名其妙的问题？你就不能去做些有意义的事情吗？”祖母当然不可能想到，这个叫瓦特的孩子今后做的最有意义的事情，就是从观察水蒸气开始的。

瓦特虽然被祖母批评了一顿，但他并没有气馁，他决心自己寻找答案。在接下来的几天里，每当祖母做饭的时候，他就会蹲在火炉旁边细心地观察。每次看到壶盖被顶起时，他都会非常兴奋。最终，他终于知道推动壶盖跳动的就是水蒸气。

此后，瓦特一心想着水蒸气的力量，总觉得可以用水蒸气推动更重的东西。后来，他通过刻苦学习、反复实验终于做到了这一点，他用自己改造的蒸汽机改变了人们的生产方式，推动了技术的巨大进步，也拉开了工业革命的序幕。

故事启发

烧水做饭，本是很多人司空见惯的小事，很少会有人留心观察，而瓦特却对此产生了兴趣，并开始了深入的研究，促成了蒸汽机的最终问世。这也提醒了我们不要忽略身边那些最寻常的事物，只要用心去观察，就有可能发现平凡的生活中蕴藏着的不平凡的结果。

49

发现天王星

赫舍尔

威廉·赫舍尔（1738—1822），出生于德国的汉诺威。他是德国天文学家、物理学家。他早年曾从事音乐演奏，1772年后，开始进行天文学研究，并自制了望远镜，系统地进行天文观测。1781年，他发现了天王星，这是人类有史以来第一次发现新行星。这个发现让赫舍尔名声大振，之后他荣获了柯普利奖章，还当选为英国伦敦皇家学会会员。后来他又发现并记录了很多双星，还对恒星进行计数，并发现了红外线。由于他是恒星天文学的创始人，因此被尊称为“恒星天文学之父”。

1772年，赫舍尔开始对浩瀚无尽的苍穹产生了兴趣，他每天都会怀着极大的热情去观察天空中的星星。但是，他很快就发现单凭人的肉眼所看到的星空实在是太有限了，于是他就想着能有一架望远镜来帮助自己看得更多、更远。

第二年，赫舍尔找到了一本光学书籍，根据书中的描述，在妹妹卡洛琳的帮助下，他开始自己动手研制望远镜，并成功制成一架非常简单的望远镜。赫舍尔在试用之后觉得不太满意，就又和妹妹一起重新设计改制，后来他们研制出了一种长40英尺、孔径50英寸的精密望远镜，用这架望远镜赫舍尔就能对星体进行更加细致的研究了。

1781年3月13日，吃完晚饭后，赫舍尔和往常一样，拿着自己制造的望远镜，开始观察夜空。他在天空中仔细地搜索着，突然间，他发现了一个几乎难以被人察觉的现象——他居然在双子星座内看到了一颗带有圆面的绿色的星体。

起初，他并不知道自己发现的是一颗行星，还以为这个突然闯入镜头的“不速之客”只是一颗彗星而已。于是，赫舍尔开始利用一般用来表示彗星运行轨道的方法即抛物线及椭圆形去描述这颗星体的轨迹，但始终没有获得成功。

赫舍尔对此感到十分奇怪，他对这颗“新星”又进行了更为细致的观察，最终发现这颗星星的轨道更接近于圆形，通过计算可知它的半径大约是19个天文单位。此时，赫舍尔终于意识到这是一颗新的行星。

不久，赫舍尔向皇家学会提交了这个发现，全世界的天文学家们都感到非常震惊，因为此前他们中也有不少人曾经观测到这颗星体，可就因为粗心大意，他们竟轻易地把它当作恒星“放走了”。只有赫舍尔捕捉到了这颗新行星，所以大家都很佩服赫舍尔。而天王星的符号也被记为（H），它的上半部分“H”正是赫舍尔名字的第一个字母。

故事启发

为什么赫舍尔能够发现新行星，而其他很多天文学家却与其失之交臂呢？这是因为赫舍尔对待科学现象更加重视，在进行观测时态度更加严谨，这才能避免很多不必要的失误。在平时的生活和学习中，我们也应当严格要求自己，不能心浮气躁，也不要好高骛远，对待任何事情都要尽可能严谨，要避免粗枝大叶、大而化之，只有这样，才能把每一件事情都做精做细、做出成绩来。

揭开空气真面目 拉瓦锡

安托万-洛朗·德·拉瓦锡（1743—1794），出生于法国巴黎。他是法国著名的化学家、生物学家，也是世界化学发展史上最重要的人物之一，还是“燃烧的氧学说”的提出者。他撰写的《化学概要》标志着现代化学的诞生，在这篇论文中，他正确地描述了燃烧和吸收这两种现象，还在历史上第一次列出化学元素的准确名称。他又根据化学实验的经验，用清晰的语言阐明了质量守恒定律和它在化学中的运用。由于拉瓦锡在化学领域做出了杰出的贡献，后人尊称他为“近代化学之父”

在拉瓦锡提出“燃烧原理”之前，科学界普遍认为：在燃烧期间，任何被燃烧的物质会同一种被称为“燃素”的物质相分离，“燃素”就是整个燃烧过程的主导者。而拉瓦锡却对这种理论产生了怀疑，他发现“燃素说”无法解释金属燃烧后会变重这个问题。

为了解开心中的疑团，拉瓦锡进行了一次连续二十天的实验。在实验中，他将少量的水银装在一个瓶颈弯曲的瓶子里，瓶颈通过水银槽与一个钟形的玻璃罩相通，玻璃罩内充满空气。然后，拉瓦锡用炉子昼夜不停地加热水银，很快就发现水银发亮的表面出现了红色的渣滓。他继续加热水银，那些红色的渣滓就越来越多。这个变化让拉瓦锡非常兴奋，他和妻子轮流守着炉子，生怕会错过任何变化。

到了实验的第十二天，妻子告诉拉瓦锡，那些红色的渣滓突然不再增多了。拉瓦锡觉得十分奇怪，但他仍然没有停止实验。直到实验进行的第二十天，拉瓦锡确定红色渣滓不会再增多，才结束了这次实验。

这个时候，拉瓦锡发现玻璃罩中的气体体积减了大约1/5。之后，他又将收集到的红色渣滓通过高温加热重新分解后，得到的气体恰好与玻璃罩中失去的气体体积相同。至此，他终于揭开了空气的真面目。原来，空气是由氧气、氮气、二氧化碳等气体混合组成的，氧气在燃烧时会被消耗，而剩下的那部分气体则不能帮助燃烧，也不能供呼吸使用。随着空气之谜被揭开，“燃素说”也被推翻了，拉瓦锡由此获得了真理上的胜利。

故事启发

拉瓦锡的名言是：“不靠猜想，而要根据事实。”他认为实践是认识的基础，没有充分的实验依据，就不能推导出严格的定律。他这种求真务实的精神是十分可贵的。我们可以以拉瓦锡为榜样，端正自己的态度，在对待学习问题时不能随心所欲，不可想当然地得出结论，只有深入调查研究，掌握了第一手资料，对事实缘由了解清楚后，才能得到科学的结论、做出正确的决策。

爱德华·琴纳（1749—1823），出生于英国格洛斯特郡伯克利牧区。他是一名医生，因研究及推广牛痘疫苗、防治天花而闻名，被人们尊称为“免疫学之父”。1796年，琴纳在一个8岁男孩身上成功接种了牛痘疫苗，找到了预防天花的正确而有效的方法，他把这种方法称为“预防接种”，还撰写了相关的著作《关于牛痘预防接种的原因与后果》，并首次在书中使用了“病毒”一词。现代所有的接种法实际上都来源于琴纳当时的伟大发现。

天花这种疾病在琴纳所在的那个时代影响巨大，无数人因此而失去生命，侥幸存活的人脸上也会留下难看的疤痕。数年来，琴纳一直在寻找攻克这种疾病的办法，但都未能如愿。

一天，琴纳听一位农民说：“牛奶场的牛会患一种叫牛痘的疾病，这种疾病也会传染给人，但奇怪的是，患上牛痘的人以后就不会再得天花。”琴纳对这个信息非常重视，他仔细地考证了一番，发现确实很少有挤奶工和牧牛女会患上天花、变成麻脸。那么，这是不是意味着可以利用牛痘去预防天花了呢？琴纳决心弄清楚这个问题。

当时中国的种痘术已传到了欧洲，琴纳仔细地阅读了有关种痘术的报告后，又开始对家畜进行细致入微的观察，他先后观察了马的“水疵病”和牛的“牛痘”，最后得出结论：它们其实都是天花的一种。由于天花的袭击，几乎所有的奶牛都出过牛痘。挤奶工和牧牛女在和牛打交道的过程中，很容易感染上牛痘，不过这种疾病危险性不大，一般发几天低烧就会康复，但从此以后身体就会具有抵抗天花的免疫力。

解开了这个秘密之后，琴纳决定通过给人们接种牛痘来预防天花。1796年的一天，琴纳满怀信心地开始了实验，他从一位患了牛痘病的挤奶姑娘身上取出了一点牛痘疮疹中的浆液，接种到一个8岁小男孩的身上。小男孩第二天就开始发烧，身上还长出了少量小水泡。可是一个星期后，他就恢复了健康。

两个月后，琴纳冒险给这个男孩接种了真正的天花浆液，结果发现男孩确实获得了免疫力，没有再感染上天花。之后，琴纳又给5位曾得过牛痘的牧工做了天花脓液的接种，发现他们也都安然无恙，由此就证明了他的想法是正确的。就这样，琴纳发现了对付天花的好方法，为人类作出了杰出的贡献。

故事启发

琴纳不但医术精湛，还勇于探索，他从研究牛痘入手，找到了预防天花的方案。这个方案在当时的人们看来是不可思议的，也是十分冒险的，但琴纳为了证明自己的想法，勇敢地进行了尝试，并取得了成功。他的勇气为他赢得了不朽的荣誉，也为人类带来了福音。在很多时候，我们要有这样的勇气和魄力，敢于捍卫真理，才能带来科学的进步和发展。

约翰·道尔顿（1766—1844），出生于英国坎伯兰伊格尔斯菲尔德村。他是英国化学家、物理学家，也是近代原子理论的提出者，被恩格斯称为“近代化学之父”。1801年，他提出了道尔顿气体分压定律；1803年，他继承古希腊朴素原子论和牛顿微粒说，提出了原子论。除此之外，他对生物学也做出了一些贡献，他是第一个发现红绿色盲的人；他在气象学、物理学上的贡献也十分突出。为了纪念他，他的肖像被安放于曼彻斯特市政厅的入口处，很多化学家也都使用“道尔顿”作为原子量的单位。

从小到大，道尔顿一直不知道自己的色觉与其他人有什么不同。直到有一年的圣诞节前夕，年轻的他想要为母亲买一份圣诞礼物，不过他平时的工资都用在科学实验上了，实在没有多余的钱。想来想去，只能给母亲买一双袜子，既实用，价格又不贵。

道尔顿来到了一家商店，给母亲挑选袜子。店员把各种花色的袜子摆在他面前，他仔细地挑选后，买下了一双“棕灰色”的袜子。在他看来，这个颜色大方、低调，相信母亲一定会喜欢的。

圣诞节当天，母亲满怀期待地打开了道尔顿送给她的圣诞礼物，看了一眼后，顿时露出了有些尴尬的表情，她拿着袜子对道尔顿说：“孩子，你怎么给我挑了一双樱桃红色的袜子啊？这个颜色对我来说实在是太鲜艳了，我怎么穿呢？”道尔顿听母亲这么一说，感到十分奇怪，他明明买的是一双棕灰色的袜子，为什么母亲会说是樱桃红色的呢？

道尔顿赶紧拿着袜子询问弟弟，弟弟也说袜子是棕灰色的。但是，当他询问其他人的时候，却得到了不同的答案，其他人同他母亲一样，都说袜子是樱桃红色的。这到底是怎么回事呢？

这件小事引起了道尔顿的好奇心，他对此展开了研究。终于发现自己和弟弟的色觉与别人不同，也就是说，他们兄弟俩都是色盲症患者。这件事虽然让人有点沮丧，但道尔顿并没有难过太久，他很快就投入到研究中去，还把自己的研究成果写成了一篇名为《论色盲》的论文，他也因此成为了世界上第一个提出色盲问题的人。后来，人们为了纪念他，又把色盲症称为“道尔顿症”。

故事启发

色盲是一种先天性的色觉障碍疾病，而道尔顿是一个色盲症患者。面对自身的生理缺陷，他没有怨天尤人，也没有灰心丧气，他能正视自己的缺陷，并把它视为一个新课题，用心去研究。他还将自己写成的专业论文无私分享给世人，让人们都能认识这种先天性遗传疾病，他宽广的胸襟和对科学的热爱让我们深深为之感动。

53 不怕怪兽

居维叶

乔治·居维叶（1769—1832），出生于法国蒙特利阿德，他是法国著名的古生物学家、博物学家，还是比较解剖学的奠基人。他曾提出了“器官相关法则”，他还进行过地层化石研究，认为地层时代越新，其中的古生物类型也越进步，进而更总结出了“灾变论”，提出了生物类群会灭绝的观点。后人为了纪念居维叶，曾用他的名字命名了许多动物，如居维叶鲸鱼、居维叶瞪羚、居维叶虎鲨鱼等。

居维叶在研究生物学时，曾经花费大量的时间，精心观察和解剖很多种动物，进而得出了结论：动物的身体是一个统一的整体，各部分结构都有对应的联系。比如食草动物生有发达的门齿、臼齿，是为了切断、磨碎粗糙的植物纤维；很多食草动物生有利于逃跑的蹄子和可以保护自己的角；而食肉动物则生有适合捕猎的尖牙利爪。

居维叶在课堂上把这些知识讲给了学生听，有些学生听得不认真，在下面窃窃私语。居维叶很生气，严肃地批评了他们。这几个学生心中对老师很有怨言，就想搞个恶作剧，吓唬吓唬老师。

当天晚上，居维叶吃完了晚饭，就来到了工作室，忙忙碌碌地开始了研究。突然间，工作室的大门被猛力地撞开，从门口冲进来了一只高大、可怕的怪兽。只见那怪兽长着一身难看的皮毛，头上还顶着两只长长的犄角，一张嘴，露出一口粗大的牙齿。居维叶吓了一跳，再低头一看，看到怪兽那四只坚硬的蹄子后，居维叶笑了，他不再看那只怪兽，而是转头认真工作起来。

居维叶平静的反应惹恼了怪兽，它怒吼一声扑了过来，还用恐怖的声音嘶吼道："愚蠢的人类，我要吃掉你！"

居维叶哈哈大笑起来，他指着怪兽说："你是吃不掉我的——看看你的尖角、门齿，还有你这几只蹄子吧，你应当是食草动物，我可不符合你的口味！"

听完居维叶的话后，"怪兽"立刻停下了动作，尴尬地立在原地。居维叶走了过去，一把扯下了"怪兽"的面具，果然看见了一个学生的脸。学生见老师识破了自己，只得脱下兽皮衣和脚上的几只"蹄子"鞋，乖乖地给老师认错。

居维叶微笑着说："你的扮相还挺逼真的，可惜你上课没有仔细听讲，分不清食草动物和食肉动物的区别，这才闹了笑话。"学生更惭愧了，头垂得低低的。以后再上生物课的时候，学生们都会十分认真地听讲，生怕错过一点有用的知识。

故事启发

居维叶为什么能够在可怕的"怪兽"面前表现得镇定自若呢？原因就是他拥有丰富的科学知识，而且能够灵活运用、综合推理，从而帮助自己快速地做出了准确的判断。和他相比，那个对生物知识一知半解就想假扮怪兽吓人的学生是多么可笑啊。我们应当向居维叶学习，要对知识充满敬畏之情，平时要多学习、多思考，要开阔自己的视野，提升自己的见识，才能让自己成为像居维叶一样睿智的人。

54 重做电磁实验

安培

安德烈·玛丽·安培（1775—1836），出生于法国里昂。他是法国著名物理学家、化学家和数学家。安培的主要成就是对电磁作用的研究，他发现了安培定则（也被称为右手定则），又发明了电流计，提出了分子电流假说，还总结出了安培定律用来描述电流间的相互作用。因为他在电磁研究方面做出了突出的贡献，科学家们就用他的名字来命名电流的单位“安培”。

1820年，丹麦物理学家奥斯特发现了电流的磁效应，然而当时法国物理学界却普遍信奉电、磁没有关系的理论。奥斯特的这一发现，对于法国的物理学家来说无疑是一记重磅炸弹。

安培得知奥斯特成功的消息后，立即重复了一遍他的实验。不过，作为一名优秀的科学家，安培是不会满足机械性重复别人的做法的。他在实验过程中，进行了更加细致的观察和更加深入的思考，想要发现被奥斯特忽视的小细节。

在那段时间里，他每天都在思考与实验相关的问题，由于太过专心致志，还闹出了不少笑话。据说有一次，他正在街边行走着，脑海里突然闪过了一个公式，可是手头没有草稿本，无法记录，更无法通过计算去验证，这可把他急坏了。正在束手无策之时，他忽然看到前方有一片光滑的“黑板”，他喜出望外，赶紧拿出装在衣兜里的粉笔，在“黑板”上写写画画起来。然而，那并不是真正的黑板，而是马车的车厢板壁。过了一会儿，马车开始移动，安培却没有发现这一点，跟着马车走动起来，手上的运算动作一直不停。后来马车越跑越快，安培就不由自主地跟在马车后面跑起来，手里的粉笔举得高高的，吃力地想在板壁上再写下一个数字……周围的路人都指着他笑了起来，安培这才意识到不对。他停下了脚步，眼看着马车越跑越远，心里还在惋惜：“再给我5分钟时间就能算完了。”

安培就这样不停地思考着、计算着，最后终于找到了奥斯特没有注意到的东西，提出了一系列更为重要的理论。他先是提出了磁针转动方向和电流方向的关系服从右手定则，以后这个定则被命名为“安培定则”；在此基础上，他又提出了电流方向相同的两条平行载流导线互相吸引，电流方向相反的两条平行载流导线互相排斥的研究成果。之后，他又运用数学的方法，于1826年总结出电流元之间作用力的定律，描述两电流元之间的相互作用同两电流元的大小、间距以及相对取向之间的关系。后来人们把这个定律称为安培定律。

不仅如此，安培在研究的过程中，还发现了电流在线圈中流动的时候表现出来的磁性和磁铁相似，从而创制出了第一个螺线管，在这个基础上发明了探测和量度电流的电流计。他的发现和发明振动了科学界，很多著名的科学家都夸奖他有探索、钻研的精神，英国著名物理学家麦克斯韦更是把他誉为“电学中的牛顿”。

故事启发

在电学研究中，安培始终保持了一种独立的个性。他注重独立思考、刻苦钻研，通过自己的冷静验证得出了深入的结论。我们应当效仿安培，锻炼自己的独立思考能力，这会让我们的思维更加灵活，认识更加全面。

55 一夜解决难题

高斯

约翰·卡尔·弗里德里希·高斯（1777—1855），出生于德国不伦瑞克。他是德国著名数学家、物理学家、天文学家，也是近代数学奠基人之一，有“数学王子”的美誉，还和阿基米德、牛顿、欧拉并列为世界四大数学家。他是世界上第一个成功地用代数方法解决几何难题的数学家，还给出了代数基本定理的严格证明，他还独立发现了谷神星和智神星的运动轨迹，并创立了三次观测决定小行星轨道的计算方法。

高斯从小就喜欢钻研数学问题，可是因为家境贫寒，家人只能送他到一所普通的文科学校学习。后来，一位公爵资助他去著名的哥廷根大学深造，在这里高斯可以心无旁骛地从事创造性的研究。

当时有一位数学教授特别喜欢高斯，每天都会给他出三道难题，让他解答，想用这种方法锻炼他的数学思维。高斯也是一个喜欢接受挑战的人，他渐渐习惯了每天一上完课就去找教授做题，没有一天偷懒。

这天，高斯兴冲冲地去找教授做题，可是教授恰好外出了。高斯在教授的办公桌上看到了一张纸，见上面写着三道题目，就把这些题目抄写在自己的笔记本上，回到宿舍研究起来。

教授平时出的题虽然有难度，但高斯一般都能在2个小时内解决。可今天的题目却异乎寻常得难，高斯费了九牛二虎之力才完成了两道题目。到了第三道题目，高斯一看就愣住了，只见题目是这样写的：请你用圆规和一把没有刻度的直尺画一个正十七边形。高斯试了半天，也没有眉目。但他不肯放弃，又翻阅了大量的资料，还尝试从多种角度思考问题，最后终于有了灵感，完成了题目的要求。

此时，已经是第二天的早上了，高斯带着自己的答案去找教授，还不好意思地说："教授，我愧对了您对我的栽培，竟然用了这么久的时间，才把题目做出来。"

教授却奇怪地问："什么题目啊？我昨天明明没有给你布置题目啊？"高斯也很惊讶，连忙把笔记本打开，教授看完后激动地说："这些都是数学史上最著名的难题，我只是抄下来想自己研究一下，想不到你一晚上竟全部解决了！"教授还指着那道"十七边形"的题目说道："这道题不知道难住了多少数学家，你竟然就这样完成了？天哪，你可真是太了不起了！"

这件事传开之后，高斯成了名噪一时的数学奇才，有人专门到大学来向他求教，他却谦虚地说："如果我知道那是一道有两千多年历史的数学难题，我可能就没有信心把它解开了。"

故事启发

高斯在不清楚问题到底有多难的时候，心中没有畏惧感，只知道脚踏实地地去做，最终成功解出了难题，他的故事体现了"无知者无畏"的道理，也提醒了我们遇到困难时要先丢弃畏惧心理，敢于迎难而上，通过刻苦钻研来解决问题。

56 研究“笑气”

戴维

汉弗莱·戴维（1778—1829），出生于英国康沃尔郡的彭赞斯。他是著名的化学家、科学家和发明家。他一生中最大的贡献是用伏打电池来研究电的化学效应，在实验中通过电解发现了钾和钠两种新金属，后来又制得了钡、镁、钙、锶等碱土金属，开辟了用电解法制取金属元素的新途径。戴维还对气体进行了深入研究，发现了一氧化二氮（笑气）的麻醉作用。他在《化学的哲学基础》一书中，提出氧化盐酸（即氯气）不是化合物，而是一种单质，像氧气一样能够助燃，从而修正了拉瓦锡的“酸里必须含氧”的观点。1812年戴维又完成了《农业化学基础》一书，同年还获得了勋爵称号。后又发明设计了煤矿安全灯，并因此获得了朗福德勋章。1820年，戴维当选为英国皇家学会主席。1826年，他还当选为彼得堡科学院名誉院士。

1798年，戴维在一位名叫托马斯·贝多斯的医学家所创办的气疗研究所里从事研究，研究的主要内容是气体对机体的影响问题。戴维负责制出各种气体，然后用它们来进行各种各样的实验。

戴维首先制出了气体一氧化二氮，并对它的特性进行了研究，经过各种实验之后，戴维得出了一个初步的结论：这种气体对人体毫无危害。这一结论彻底否定了美国科学家塞缪尔、米切尔关于一氧化二氮吸入身体会引发严重疾病的观点。但是，不久后的一天，一件偶然发生的事情却让戴维对这种气体产生了新的看法。

这天，戴维制取了一瓶一氧化二氮，随手放在了地板上。这时贝多斯恰好来了，他一走进实验室就滔滔不绝地夸奖起了戴维的聪明能干，却没留心身旁的一个铁三脚架，还将它碰倒了。三脚架掉下来，正好砸在地上装有一氧化二氮的瓶子上，发出一声巨响，瓶子碎了，气体在整间实验室弥漫开来。忽然间，一向性格孤僻、不苟言笑的贝多斯哈哈大笑起来。紧接着，戴维也跟着大笑了起来。两人响亮的笑声惊动了隔壁实验室的助手，他们十分好奇地跑来，想要一探究竟。可眼前的情景是他们从来都没见过的，看到他们狂笑的样子，助手们都以为他们是精神上出了什么问题。

当戴维好不容易平静下来之后，才想到是一氧化二氮对人体产生了刺激作用，使他们狂笑不止。接着，他进行了更加细致的研究，确定一氧化二氮可以使人产生快感，又具有麻醉的作用，因而可以用在外科手术，缓解病人的痛苦。由于这种气体会让人发笑，戴维还给它取了一个有趣的名字——笑气。

故事启发

如果不是贝多斯失手打翻了装有一氧化二氮的瓶子，也许戴维还需要很长时间才能有机会了解气体的这种特性。假如戴维当时没有抓住这次偶然的契机去对气体进行深入研究的话，那可能一辈子都不会发现气体还具有这样的作用。有时候，生活总是会有意无意地给我们一些启发和灵感，我们只有像戴维一样，紧紧抓住这些机会去深入探索，才能为人类、为社会做出更多的贡献。

57 发现“月亮女神”

贝采利乌斯

永斯·雅各布·贝采利乌斯（1779—1848），生于瑞典维弗苏达。他是瑞典化学家，也是现代化学命名体系的建立者。他曾经以氧作标准测定了四十多种元素的原子量，还第一次采用现代元素符号，并公布了包含当时已知的41种元素的原子量表，后来增加到50种。他发现了硒、硅、钍、铈等元素，还于1806年第一个提出了“有机化学”这一概念，以区别于无机化学。他还是一位化学教育家，曾编著化学教科书共三卷。

贝采利乌斯是当时最著名的分析化学家之一，他长年坚守在实验室里，每天都要工作十几个小时，哪怕不做实验的时候，也会坐在工作台前进行记录。他会认真地回顾之前实验的细节，还会把实验后留下的化合物残渣再仔细地检查一番，生怕会错过一些有价值的信息。

一天，他在做这种例行检查的时候，忽然发现制备硫酸的铅室底部有一种红色的粉末。贝采利乌斯饶有兴趣地观察了一番，竟分辨不出这是什么成分。于是他小心地收集了一些粉末，对它们加热后，闻到了一股类似腐烂的大蒜的味道。他根据经验判断这应当是一种碲的化合物。不过他还是不放心，就做了进一步的实验：先是对这种物质做了氧化还原实验，发现它变成了橙色的无定形物质；把它熔融后再缓慢冷却，又会看到它变成了灰色；如果让它在空气中静置一段时间后，它竟会变成黑色的晶体……

反反复复测试了多次后，贝采利乌斯可以确定这种物质肯定不是碲，而是一种全新的元素。可是，该给这种元素取一个什么名字呢？贝采利乌斯有些为难了，这时他想到了碲的名字（tellurium）来源于tellus，在罗马神话中有“大地女神”的含义，那么这种性状与碲有些相似的新元素也应当有个同样美好的名字。

他一边思考着，一边下意识地看向了窗外，此刻皎洁的月光给大地披上了一层银辉，看上去非常清幽美丽，贝采利乌斯就决定用“月亮女神”的名字（Selene）为新元素命名，它的简称是硒（Se）。

在发现了硒之后，贝采利乌斯没有停止研究，他又进一步检测了硒的性质，发现它的性质介于金属和非金属之间，并且和硫比较接近。之后，他毫无保留地把自己的发现公布于众，“月亮女神”这个美丽的名字也随之传开，为人们展开了很多想象的空间。

故事启发

对于化学实验留下的残渣，可能很少有人会有兴趣再去检查一番，可贝采利乌斯却偏偏这么做了，并且找到了一种全新的元素。他能够做到这一点，不仅因为他具有丰富的知识和敏锐的观察能力，还因为他具有不怕辛苦、勇于探索的精神，这种精神是值得我们发扬光大的，我们要像贝采利乌斯一样重视微小事物并勤于研究，就能发现蕴含在其中的重要问题，获得很多意想不到的收获。

发明实用摄影术　达盖尔

路易·雅克·芒代·达盖尔（1787—1851），出生于法国法兰西岛瓦勒德瓦兹省。他是法国化学家、画家，因成功发明了实用摄影术，即银版摄影术而闻名，这种摄影术也被称为“达盖尔摄影术”。他还根据此方法制成了世界上第一台照相机，并于1839年公布于世，他也因此被授予法国科学院名誉院士的称号，被后人尊称为“现代摄影之父”。

达盖尔很小的时候就对绘画产生了浓厚的兴趣，长大后也以此作为自己的奋斗目标，成为了一位非常优秀的艺术家。

有一次，达盖尔准备创作一幅风景画，他布置好了画板，调好了各种颜料的颜色，正想动笔创作，却发现刚刚打动了自己、给自己带来了极大灵感的景色，已经变成了另外一种模样。

达盖尔觉得十分失望，也因此失去了创作的兴趣，他一边收拾着绘画工具，一边想：要是能有一种机器，可以在瞬间记录下大自然最美丽的一刻，那该有多好啊。

有这个想法后，达盖尔查阅了大量的资料，他发现以前也有人进行过这方面的研究，但是获得的成果却很不实用：要么图像不能耐久，要么曝光时间过长、使用很不方便，所以都没有得到广泛的应用。达盖尔认为按照现有的科技水平，完全可以制作出一种更加实用的照相机来。于是他就此展开了无数次的尝试，可惜都没有成功。不久，他认识了和自己有着同样梦想的涅普斯，两人志趣相投，都想发明出震惊世界的照相机来，于是他们一起合作研制梦想中的照相机。

但是，没过两年，涅普斯因病去世了。达盖尔虽然十分悲痛，却没有停止研究。他专心致志地进行实验，经常连续工作几天几夜。像这样努力研究了好几年，他才成功地发明了实用摄影术，能够让影像永久留存，而且曝光时间还不到30分钟，又方便又快捷。之后，他又制造出了有镜头、光圈、快门、取景器和暗箱的照相机，其中某些设计一直沿用到今天。1839年，当达盖尔将摄影术和照相机公之于世后，立刻引起了巨大的轰动，他也成为了人们眼中的英雄。

故事启发

达盖尔曾经在日记中这样写道：“无论发生什么事，必须首先考虑不要让事业受到损失。在任何情况之下，都必须坚持下去，哪怕是要付出最大的牺牲。”这就是支持他为科学事业忘我奋斗一生的精神动力。有了这样的动力，他才能克服各种各样的困难，并数年、数十年始终保持超强的干劲，并最终取得非凡的成就。

乔治·西蒙·欧姆（1787—1854），生于德国埃尔朗根城。他是德国物理学家，曾提出了经典电磁理论中著名的欧姆定律，给电学计算带来了很大的方便。人们为了纪念他，用他的名字作为电阻的单位。另外，欧姆的名字也被用于其他物理及相关技术内容中，比如“欧姆接触”“欧姆杀菌”“欧姆表”等。

欧姆出生在一个贫穷的家庭，父亲是个锁匠，没有受过良好的教育，但是父亲却自学了数学和物理方面的知识，并教授给了年少的欧姆，也唤起了他对科学的兴趣。不仅如此，父亲还经常指导欧姆制作一些小物件，让他养成了勤于动手的好习惯。待他长大后，木工活、车工活、钳工活几乎样样拿手，这也为他自制仪器从事科学研究提供了便利。

欧姆所处的时代，还属于电学研究刚刚起步的时期，很多新的电学成果如雨后春笋般接二连三不断涌现出来。一直致力于这方面研究的欧姆，想到了一个前人一直没有办法破解的问题：使用伏打电池的电路中，电流强度可能随电池数目的增多而增大，但是，这中间到底存在什么规律呢？带着这样的疑问，欧姆开始了他的研究工作。

当时，施魏格尔和波根多夫发明了一种原始的电流计，受到鼓舞的欧姆也试着自己动手制作了一个这样的电流器，为了方便记录实验数据，他还创造性地在放磁针的度盘上划上了刻度。但是，欧姆用自己做出来的电流计记录下的实验数据却是不准确的。这到底是哪里出了问题呢？

他开始以为是自己制作的仪器不够精确，但反复核实后，他确定问题并不在仪器上。于是他又仔细检查了实验的每一个环节，最后，终于让他发现了问题所在。原来，在实验开始的时候他使用了伏打电堆作为电源，但是这种电源的稳定性不好，因此得出的结论才会存在误差。

后来他改用了电流更为稳定的温差电池作为电源，解决了这个非常关键的问题。此后，欧姆的研究开始有了很大的突破，并最终成功总结出了欧姆定律。欧姆定律在今天的电学知识当中属于最初级、最基本也是最简单的一条定律，但是，在当时那个人们对电流强度、电压、电阻等概念都还不大清楚的时代，它的出现无疑是具有划时代意义的。

故事启发

物理是一门实验学科，在研究时不光要用脑去思考、总结规律，还要用手去做实验、验证理论。如果只会动脑不会动手，就好像是用一条腿走路，走不快也走不远。好在欧姆是一位善于动脑，也勤于动手的科学家，才能通过一次又一次的实验总结出欧姆定律。我们在生活中如果对某些问题产生了疑问，也不要只停留在思考上，最好能亲自动手做一做、验证一番，就一定会有很多不一样的发现。

发现电磁感应　法拉第

一件事情如果不是我亲眼所见，我绝对不会认为自己已掌握事实的真相。

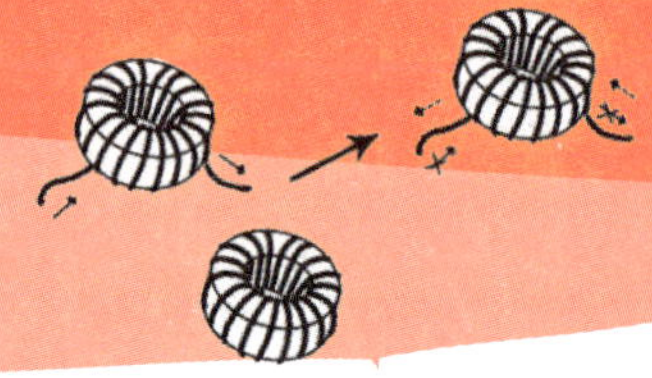

迈克尔·法拉第（1791—1867），出生于英国萨里郡纽因顿。他是英国化学家、物理学家。1831年，法拉第揭开了电磁感应定律，并于同年10月，发明了圆盘发电机。1834年，他又总结出了法拉第电解定律。之后，他引入了电场、磁场的概念，还提出了电力线的新概念来解释电、磁现象。1843年，他还用冰桶实验证明了电荷守恒定律，后来，又发现了磁光效应，为电、磁、光的统一理论奠定了基础。由于他在电磁学方面做出了巨大贡献，因而被人们称为“电学之父”和“交流电之父”。

法拉第出生在英国一个普通的铁匠家庭，由于家境贫困，他仅上过几年小学就辍学了。父亲让他去给别人送报纸，他欣然前往，因为他发现自己可以从报纸上学到很多有用的知识。后来，他又到书店去当装订工，这份工作更合他的心意，因为他可以利用休息的时间在书店阅读百科全书，这也为他一生从事科学研究奠定了必要的基础。

法拉第虽然没有受过正规的教育，但他在生活和工作中养成了细心严谨的好习惯，并将这习惯带入了科学实验中。他在进行科学研究时，从来都不会主观臆测，而是要亲自去实验很多次才能得出结论，在实验中，他更是将细心细致的优点发挥到了极致。

1820年，丹麦著名物理学家奥斯特在电力方面有了重大发现。他发现，电流对磁针有着某种作用，但他以为只是正常反应，并没有太放在心上。细心的法拉第却敏感地察觉到电流对磁针的重要性，他下定决心要进一步探索出其中的奥秘。

于是，法拉第就自己动作做了一台简单的装置，经过他多次实验后显示，通电导体和磁铁会相互连续旋转，这其实就是电动机的雏形，它能够将电能转换成机械能。之后，法拉第又开始研究用磁来生电的办法，他不停地实验，花了将近10年的时间，他才发现，即使一个通电线圈产生的磁力不能引起另一个线圈中的电流通过，但电流刚刚接通或中断时，另一个线圈中的电流计指针会发生微小的偏转。法拉第把这种效应叫作电磁感应，把产生的电流叫作感应电流。

法拉第发现了电磁感应后，又设计了各种各样的实验，都证实了这个效应是确实存在的。这就证明了磁作用力的变化也能够产生电流，而这就是大家所熟知的电磁感应理论。

法拉第的这个发现，是具有划时代意义的伟大科学成就。如今，人们生活中常用的发电机、变压器、电动机以及水力、火力发电站等，都与法拉第的伟大贡献息息相关。

故事启发

法拉第伟大的一生，证明了他自己说过的话：自然哲学家应当是这样一些人：他愿意倾听每一种意见，却下定决心要自己作判断；他应当不被表面现象所迷惑，不对某一种假设有偏爱，不属于任何学派，在学术上不盲从大师；他应当重事不重人，真理应当是他的首要目标。他是这样说的，也确实是这样做的，他的人生是对“成功”二字最好的注解。

发明电报

莫尔斯

塞缪尔·莫尔斯（1791—1872），生于马萨诸塞州查尔斯顿（现属于波士顿的一部分），他是著名的美国艺术家兼发明家。莫尔斯最初主要研究绘画和雕刻，并取得了一定成果。19世纪30年代，他对电学产生了兴趣，并开始研究用电传递信息的方法——电报。经过几年的琢磨，1837年，他设计出了实用电报机，并用莫尔斯电码代替文字进行信息传送。1844年，他将第一份电报发送成功，揭开了电信史上崭新的一页。因为他的突出成就，人们尊称他为“电报之父”。

1832年秋天，莫尔斯从欧洲旅行回国时，在所乘坐的“萨利”号邮轮上，认识了一位电学博士查理·托马斯·杰克逊。在交谈中，杰克逊谈到了当时科学界的新发现——电磁感应。

“电磁感应究竟是怎么一回事呢？”莫尔斯好奇地问。

杰克逊没有直接回答，而是让莫尔斯看了一个实验。他将一些铁片、铁钉放在桌上，然后给绕在蹄形铁芯上的铜线圈通上电，一时间，那些铁片和铁钉都被吸附到铁芯上。可是断电后，它们又很快掉了下来。杰克逊解释道：“导体在磁场中做相对运动会产生电流，通电的线圈就会产生磁力，这种现象就叫电磁感应！”

莫尔斯虽然不懂电学，但却觉得电磁感应非常神奇，回到自己的房间后，他久久不能平静。之后他虚心向杰克逊请教，还阅读了杰克逊借给他的有关论文和电学书本。在了解了电的基础知识后，他有了一个大胆的想法：“电的传递速度那么快，能够在一瞬间传到千里之外，如果能够利用电流的断续产生出不同的符号，再通过电流传到远方，岂不就成了一种很好的通信工具吗？”他越想越入迷，索性决定放弃绘画事业，专心研究这种用电传递信息的方法。

因为对电学知识缺乏了解，他便从头学起，如饥似渴地学习，还特地拜电学家亨利为师。一有时间，他就独自一人在实验室里集中精力进行试验。经过数年的认真研究，在不知道画了多少张草图之后，他终于制造出第一台电报机，改变了人们的传讯方式。他以画家的身份成为电报发明家的故事也传遍了全世界，为他赢得了无数的赞誉！

故事启发

一个本来在绘画之路上颇有成就的艺术家，却半路改行，还在自己毫无了解的电学领域取得了杰出的成就，相信任何一个人听了这件事都会觉得很惊奇，同时也会为莫尔斯的果断决绝感到佩服。他发现了自己真正感兴趣的事业，就不顾一切地投入，哪怕遇到很多艰难险阻也不会犹豫踌躇。成功就需要这样的果断力，对于自己认定的事情，有追寻到底的信心和勇气，要像莫尔斯一样永不放弃，才能最终获得成功。

安东尼奥·梅乌奇（1808—1889），出生于意大利佛罗伦萨。他是电话的发明者。1849年，他发现并开始研究电话；1860年，他向公众展示了这个系统，但却没有足够的钱交纳专利费，最终这个成果被贝尔于1876年申请专利成功。直到2002年6月16日，美国众议院通过了一项决议，才认定梅乌奇为电话的发明者，他也因此被人们尊称为“电话之父”。

梅乌奇一生命运多舛。他曾经在佛罗伦萨做过舞台技师，在闲暇时，他就开始研究最早的电话了。由于在意大利生活得非常艰难，他就带着妻子到古巴去谋生，后来又移居到美国。然而，他们的处境并没有获得改善。在穷困潦倒的时候，梅乌奇没有停止科学研究，他克服了很多困难，研究出一种电击治疗疾病的方法。

1849年的一天，当他准备好一套器械要给在另外一个房间的朋友治疗时，意想不到的事情发生了。当时，通过连接两个房间的一根电线，他清楚地听见了从另外一个房间里传出的朋友的声音。这件事让他很受启发，他决心要发明一台“会说话的电报机”。

起初，他把一块与线圈连接的金属簧片插入了朋友的口中，再将线圈连接上导线，通到另一个房间。实际上，金属簧片在这里起到了传感器的作用，正是由于与线圈相连接，它的振动就会转变成了一种电流。就这样，梅乌奇找到了可以成功传递声音的方法。

等到人类历史上这个最原始的电话诞生后，梅乌奇立刻把它安装到了妻子的病床前。当时梅乌奇的妻子已经瘫痪在床了，需要人照顾，可梅乌奇却要经常待在工作室里，听不到妻子的呼叫。现在有了这台电话，妻子就可以方便地和他联系了。

1860年，梅乌奇向公众展示了这个成果，当时纽约的一家意大利语媒体曾报道过这件事情。梅乌奇本可以马上申请专利，可当时他还要依靠救济金生活，实在拿不出250美元的申请费用来保护自己的发明，最终只得无奈作罢。结果1876年2月14日，曾和梅乌奇共用一个实验室的贝尔向美国专利局申请了电话专利权。梅乌奇在气愤中对贝尔提出了起诉，可直到他去世，诉讼也没有结果。直到2002年，美国国会迫于压力，才最终为梅乌奇正名。

故事启发

梅乌奇一生饱经苦难，但苦难并没有让他失去斗志，反而磨砺了他的意志，增强了他的毅力，使他坚定地投入到心爱的科研事业中，获得了电话这项非常伟大的发明，彻底改写了人类的历史，他的伟大贡献将被人们永远铭记。生活并不总是幸福美好的，在遇到了苦难的时候，我们不妨想一想梅乌奇的经历，坚强一些、勇敢一些，把苦难当成是人生的试炼，用它来造就自己，让自己变得更加优秀。

威廉·汤姆斯·格林·莫顿（1819—1868），出生于美国马萨诸塞查尔顿。他是美国牙科医生，也是世界上最早在外科手术中应用乙醚麻醉剂的人。1846年10月，莫顿成功地使用乙醚进行麻醉外科手术，并因此而声名大振，在麦克·哈特所著的《影响人类历史进程的100名人排行榜》中，莫顿被排在37位。

在麻醉剂还没有发明的时候，医学界对如何缓解手术疼痛一筹莫展。有的时候手术非做不可，医生们为了缓解病人的痛苦，也是各出奇招。有的会通过放血的方式让病人休克、昏迷，有的甚至用木棍将人打晕。而中国古代著名的神医华佗还发明了用于手术麻醉的“麻沸散”，但处方早已失传。

上面提到的这些麻醉的例子都算不上是真正意义上的麻醉术，直到莫顿成功地完成史上首次麻醉“表演”后，麻醉剂才被正式用于外科手术。

其实，早在莫顿应用乙醚麻醉剂之前，他的老师维尔斯曾经用一种名为笑气的麻醉剂给一位病人拔牙。不幸的是在手术接近尾声时，这名病人开始浑身扭动，还连声惨叫。见此情景，现场观众纷纷发出讥笑声。维尔斯备受打击，从此再也不公开演示笑气麻醉法了。

当时，莫顿也在人群中观看老师的表演，他觉得老师的想法没有问题，只是没有找到合适的麻醉剂而已。那么，该用什么麻醉剂来做手术呢？莫顿一直苦苦思考着这个问题。

有一天，莫顿一个人在实验室里做化学实验。不知怎么，他居然莫名其妙地睡着了。他醒来后，竟发现时间已经过去了好几个小时。他仔细回想了一下自己做实验的过程，想起来之前不小心吸入了一点乙醚。看来让自己失去知觉的就是乙醚了。

找到答案后，莫顿开始用乙醚在自己和动物身上做实验，结果发现这真是一种理想的麻醉剂。1846年9月，莫顿悄悄地给一个需要拔牙的病人使用了乙醚，等病人恢复知觉后，惊喜地告诉莫顿：“我一点都没有感觉到疼痛。”莫顿非常高兴，决定再当众“表演”一次。

一个月后，他在一大群医生的围观下，用乙醚麻醉了一名病人，实行了开颈取瘤的手术。手术过程非常顺利，病人毫无知觉，麻醉剂发挥了奇效。从那以后，乙醚就成了手术中必不可少的一种麻醉剂。

故事启发

在实验室里因为误吸乙醚而失去知觉的人，肯定不止莫顿一个，但却只有他把这件小事放在了心上，这才有了乙醚麻醉剂带来的外科手术的革命。成功者其实并不总是拥有特别出众的才华，他们往往只是像莫顿这样头脑清醒又非常仔细，能够抓住每一个细节，才不会错过任何一个可能带来成功的机遇。

发现血栓形成　魏尔肖

软化的血栓末端脱落大小不一的碎片，被血流带至远端的血管，引起了常见的病理过程，把这一过程命名为“栓塞”。

鲁道夫·魏尔肖（1821—1902），生于波美拉尼亚湾的希费本（即现在波兰的斯维得温）。他是德国病理学家、政治家和社会改革家，也是19世纪最著名的医生之一，还是细胞病理学的创立者，被誉为“病理学之父”。1847年，魏尔肖首次识别了白血病，两年后开始解剖学的研究工作；1858年，他发表“每一个细胞都来自另一个细胞”的构想，极大地推动了病理学的发展，对疾病的诊断治疗具有不可估量的影响。

魏尔肖是一个非常重视细节的人，他在进行医学实验时总是一丝不苟地做好每一步骤的工作，以避免出现误差，而且他会把实验中任何一点细小的变化都记录下来，再进行认真而深入的研究，这常常能够让他获得不一样的发现。

一天，魏尔肖在观察肺动脉血管的时候，发现了一些不同寻常的奇特现象：在血液循环的过程中，会有一些不溶于血液的异常物质，它们就像是流水中的杂质一样，随着血液的流动而运行着。等这些杂质在血液中运行到远处的时候，就会慢慢地开始堆积，在血管内形成阻塞的情况。

这些血液里的杂质，就像是小的血块一样，不仔细观察很难发现它们其实是不能溶于血液的。可是随着杂质越积越多，血管就会像自来水管道一样，因为有太多的杂物堆积，就会出现堵塞的现象。

魏尔肖发现这一异常现象后，马上投入到进一步的观察和研究中，经过一番努力，他发现了肺动脉血栓栓塞的形成机制，并提出了“栓塞”这一被现代医学广泛使用的术语。他曾经这样描述道：“软化的血栓末端脱落下大小不一的小碎片，被血流带至远端的血管，这引起了常见的病理过程，我把这一过程命名为栓塞。”

在此基础上，魏尔肖又展开了一系列与之密切相关的研究，最终发现并总结出“血栓形成三要素”，即“魏尔肖三要素”。此后，他又建立了细胞病理学、比较病理学以及人类学，对医学的进步与发展起到了承上启下的作用。

故事启发

魏尔肖之所以能够在医学研究方面获得巨大的成就，是因为他不肯放过任何一个异常的细微变化。因为他非常明白，决定事物发展的关键往往就是那些异常的细节。他的故事也告诉了我们：在遇到每一个异常的细节、异常的变化时，我们都不能掉以轻心，而是应当提高警惕，要用心分析这些变化背后的原因，才不会错过重大的科学发现。

格雷戈尔·孟德尔（1822—1884），出生于奥属西里西亚海因策道夫村。他是奥地利生物学家，也是遗传学的奠基人，被誉为“现代遗传学之父”。从1856年起，孟德尔通过长达八年的豌豆实验，发现了遗传规律、分离规律及自由组合规律。1865年，他将实验结果整理成论文，并在“布隆自然历史学会”上宣读，这篇名为《植物杂交实验》的论文奠定了孟德尔遗传学史上的地位。

孟德尔的父亲和母亲都是普通的园艺工人。孟德尔从小就经常到菜园、农场、花圃中玩耍，幼小的他逐渐对植物的生长问题产生了非常浓厚的兴趣。而这最初的兴趣，指引着他走上了研究生物学的道路。

1856年，从维也纳大学毕业回到布鲁恩后，孟德尔开始在一所刚建成的技术学校教课。课余时间，他就进行自己喜欢的植物种植与研究工作。

孟德尔为了培养出品种更加优良的植物，买了三十多个品种的豌豆。然后又根据高茎或矮茎、圆粒或皱粒、灰色种皮或白色种皮等不同的性状，挑出了22个品种进行种植。

在种植豌豆的过程中，孟德尔产生了一个非常奇特的想法：如果把这些性状不同的豌豆杂交种植的话，会得到什么样的果实呢？他很快就把这个大胆的想法付诸行动，他把长得高的豌豆植株同长得矮的杂交；把豆粒圆的同皱的杂交；把结白豌豆的植株同结灰褐色豌豆的植株杂交；把沿豌豆藤从下到上开花的植株同只是顶端开花的植株杂交。之后，他对不同代的豌豆进行了细致入微的观测，以常人难以想象的耐心去记录每一次收获的豌豆的性状和数目。在别人看来，这份工作实在是枯燥乏味，可是孟德尔却总是充满了热情，每当有客人来访的时候，他就会领着客人去菜园里走一走，还会指着种植在其中的豌豆介绍道："这些豌豆和我的儿女一样，都是我最宝贵的东西。"

随后，孟德尔又对玉米、紫罗兰和紫茉莉等植物进行了类似的实验和研究，最后终于发现了植物遗传学的规律，并得到了相应的数学关系式。他的发现开启了现代遗传学的大门，之后发现的许多遗传学规律都是在此基础上产生并建立起来的。

故事启发

孟德尔曾经用了八年时间种出了超过28 000株豌豆，并利用它们的性状总结出遗传定律，他对科学研究的执着精神让人惊叹。如果没有这种精神，是不可能做到像孟德尔这样耐得住寂寞、忍得住孤独的。也正是因为有了这种精神，才能让孟德尔无惧人们对他的质疑，只是一心守着自己的小菜园，用数据来证明自己的想法是正确的。执着是一如既往的追求，是难能可贵的坚持，执着会让平凡的人生绽放耀眼的光华，这就是孟德尔带给我们的启示。

征服鸡霍乱

巴斯德

路易斯·巴斯德（1822—1895），生于法国东尔城。他是法国著名的化学家、微生物学家，奠定了工业微生物学和医学微生物学的基础，并开创了微生物生理学。此外，巴斯德在战胜狂犬病、鸡霍乱、炭疽病、蚕病等方面也取得了重大成果，英国医生李斯特还据此解决了创口感染问题。由于贡献巨大，巴斯德被后人誉为“微生物学之父”，他发明的巴氏灭菌法至今仍在被应用。

1880年，可怕的鸡霍乱在法国农村流行，家庭饲养的鸡一旦染上这种瘟疫就会成批死亡。很多农户因此损失惨重，巴斯德听说了后，马上开始了研究，决心征服这种瘟疫。

如何才能查明鸡霍乱的病因呢？巴斯德开始尝试培养纯粹的鸡霍乱病菌，

最初，他猜测鸡肠可能是鸡霍乱病菌的最佳繁殖环境，而鸡的粪便就是传染媒介。然而，经过多次实验，效果都不理想。无奈之下，巴斯德只好暂时停止了研究，到郊外一边休息一边放松心情。

过了几个星期，巴斯德回到了实验室里，重新开始研究。他用之前留下的陈旧的培养液给鸡接种，鸡竟然没有受到感染，好像这种霍乱菌突然对鸡失去了作用。巴斯德没有忽视这个细节问题，他试着把放置了几天的、1个月的、2个月和3个月的菌液分别注入健康的鸡体内进行对比。结果发现鸡的死亡率确实有所区别：菌液放置的时间越长，鸡的死亡率就越低，最低的仅有10%；可要是菌液放置的时间较短，鸡的死亡率就很高，甚至能达到100%的死亡率。巴斯德心想，是不是空气中的氧气影响了病菌的毒性呢？于是他索性把盛放菌液的容器全部敞开，让菌液暴露在空气中，之后再用这些菌液给鸡注射，发现鸡虽然也会患病，但却不会死亡，可见病菌的毒性已经非常微弱了。

巴斯德又准备了新鲜的菌液，给注射过菌液却没有死亡的鸡接种，结果更是不可思议——这些鸡绝大多数都平安无事。巴斯德由此找到了预防鸡霍乱的好办法，就是先给鸡注射低毒性的陈旧菌液（也就是后来人们所说的“疫苗”），使得鸡体内产生抗体。从那以后，巴斯德大量培育这种疫苗，又扩大了鸡的注射范围。一段时间后，困扰农户们的鸡霍乱终于被控制住了。

故事启发

巴斯德没有因为暂时的失败就灰心丧气。为了找到病毒的解决方法，他孜孜不倦地进行了多次实验，更为可贵的是，他还十分善于总结经验，使自己能够一点一点接近问题的本质，他不屈不挠的科研态度和善于思考的学习精神都是值得我们继承和发扬的。

自制实验仪器

麦克斯韦

学生在使用自制仪器的时候，会更多关注细节。实验出现问题时，不会放过每一个导致失败的因素。哪怕只是调整仪器，都会亲自动手检查。

詹姆斯·克拉克·麦克斯韦（1831—1879），出生于苏格兰爱丁堡。他是英国物理学家、数学家。他建立的电磁场理论，将电学、磁学、光学统一起来，是19世纪物理学发展的最重要的成果。他的作品《论电和磁》被尊为继牛顿《自然哲学的数学原理》之后的一部最重要的物理学经典。在科学史上，麦克斯韦被认为是从牛顿到爱因斯坦这一整个阶段中最伟大的理论物理学家。

麦克斯韦为科学研究做出了突出的贡献，这不只是表现在他在电磁学、光学等领域取得的成就，还包括他筹建卡文迪许实验室。这个实验室被誉为“诺贝尔物理学奖获得者的摇篮”，对实验物理学的发展产生了极其重要的影响。

这座实验室是由当时剑桥大学校长威廉·卡文迪许私人捐款兴建的，因而被命名为“卡文迪许实验室”。麦克斯韦领导了实验室的建设工作，还成为了实验室的第一任主任。为了给实验室多增添一些仪器，麦克斯韦把自己的积蓄都拿了出来。他每天都会花费很多时间来设计实验室，想办法排除振动噪声对实验的干扰，还安排了最佳的室内采光，使得实验室的实用性大大提升。1872年，实验室正式破土动工，两年后才彻底竣工，期间总费用早已超过了最初的预算，但是卡文迪许非常赞成麦克斯韦的设计方案，不断追加经费，使得实验室成功投入了应用。

在麦克斯韦主持实验室期间，他为学生立下了一个规矩：要求他们一定要亲自动手做实验，并最好使用自制仪器。这是为什么呢？原来，他发现很多学生只重视理论，不喜欢实验，而且他们在做实验的时候，容易对那些已经调试好的仪器产生依赖性。

所以，麦克斯韦就不断地鼓励学生们自己动手制作仪器。虽然学生在使用自制仪器的过程中经常出现问题，但却能够学到更多的知识。同时他们会养成关注细节的好习惯，在实验出现问题后，不放过任何一个可能导致实验失败的因素，哪怕只是仪器的调整都亲自动手重新检查，这无疑会提高他们思考问题、解决问题的能力。在麦克斯韦的要求下，使用自制仪器就成了卡文迪许实验室的传统。

故事启发

麦克斯韦给学生们上了最为重要的一课，那就是要亲自动手去实践。实践理论的基础，能够让理论得到检验和发展，从而可以变成物质力量。理论是“不结果的花”，再好的理论如果不和实践相结合，也是毫无意义的。所以麦克斯韦才会如此重视实践，因为这是取得成功的必要条件。

制造四冲程内燃机　奥托

罗斯·奥古斯特·奥托（1832—1891），出生在德国的霍兹豪森镇。他是德国著名的发明家，1876年，他制造出了第一台四冲程内燃机，并于次年获得了专利权，这项发明也为日后汽车的诞生提供了必要的条件，因而具有非常重要的意义。在美国人编著的《影响人类历史进程的100名人排行榜》一书中，奥托被排在第61位。

奥托家境贫寒，尽管他热爱学习，成绩也很不错，却不得不辍学工作养家。但是，奥托并没有停止学习的脚步，他把社会当成是一所新的学校，在不同的行业继续学习和吸收新的知识。他曾经做过很多种工作，也因此涉猎了多方面的知识，积累了丰富的工作经验。

1860年，奥托听到很多人都在议论一件事：有一个名叫艾蒂安·勒努瓦的人发明了燃气机，能够使用气体或易于蒸发的液体燃料来产生动力，而且这种燃气机的体积比蒸汽机小得多，启动的速度又很快。见多识广的奥托马上意识到这种燃气机会有很大的用途，他对此很感兴趣，立刻查找了大量的资料，想要了解一下燃气机到底是怎么运作的。

他在仔细研究后发现，这台燃气机虽然很了不起，但还称不上完美。首先，这种燃气机的燃料消耗量太大，使用成本太高；其次，燃气机必须与一个煤气管道相连接才能正常使用。奥托就想对这种燃气机进行改进，使它变成具有实用价值的设备。于是，他参考了燃气机的设计思路，很快就成功地发明出一种汽化器，但是在申请专利时却被专利局否决了。

奥托没有灰心，继续着手研究。到了1862年，他又制造出了一台基本上是全新型的引擎，不过在试用的时候，又发现点火装置存在问题，所以这台引擎没有获得成功。这次打击仍然没有让奥托放弃努力，他一次次地改进设计，并将二部冲程改为四部冲程，还重制了点火系统。在无数次的实验后，奥托终于在1876年5月制成了样机，并很快获得了专利权。

这种全新的四部冲程引擎无论是功率还是性能都十分优越，在投入市场后大获成功。十年中就销售了三万多台，奥托也因此名利双收，实现了自己的人生梦想。

故事启发

一提到学习，我们可能马上会想到在学校学习，或是从书本上学习，而奥托却用自己的人生经历向我们介绍了一种特别的学习方法，那就是在社会实践中学习。社会也是一所学校，它可以让我们学到很多在课堂上学不到的东西，可以提升我们的社会经验、工作技能，还能帮助我们增长见识，锻炼出眼光，磨炼好性格，所以想要成才、成功的话，就不能忽略了社会实践，要多多参与实践，才能做到学以致用，不断提高自身价值。

阿尔弗雷德·贝恩哈德·诺贝尔（1833—1896），出生于瑞典斯德哥尔摩。他是瑞典化学家、工程师、发明家、军工装备制造商，还是安全炸药的发明者，他一生中的300多种发明专利中有一大半都是关于炸药的，所以他也被称为“炸药大王”。1895年，他立下遗嘱，用自己的大部分遗产作为基金，设立了诺贝尔奖，以表彰在人类和平、科学及文学等方面作出突出贡献的人。

19世纪中叶，许多国家迫切需要发展采矿业，加快采掘速度，但是炸药却不能适应这种需要。了解了这一现状后，诺贝尔决心要改进当时的炸药。

其实，早在诺贝尔之前，就有很多人研究和制造过炸药，作为中国“四大发明”之一的黑色火药也早已传到了欧洲；意大利人苏伯莱罗还在1847年发明了硝化甘油，那是一种威力比黑色火药大得多的炸药，这种炸药特别敏感，极易爆炸，人们根本就不知道应该如何使用它。

于是，诺贝尔想要发明一种安全炸药。直到1863年，他终于找到了解决硝化甘油不稳定的办法，并第一次制成了运输和使用都很安全的硝化甘油工业炸药，这就是诺贝尔安全炸药。

不过，炸药的安全性虽然比之前得到了大幅的提升，但在实际应用的时候还是非常危险的。于是，包括诺贝尔本人在内的很多发明家，又试着用别的方法做了很多更加安全的炸药，但是它们的威力却也因此大幅度减小。怎样才能找到既有爆炸威力，又有安全性能的新炸药呢？这个问题困扰着诺贝尔。

有一天，诺贝尔在实验室工作的时候，不小心割破了手指，他顺手用一种含氮量比较低的硝酸纤维素敷住了伤口，用来止血。晚上，诺贝尔因为伤口疼痛不能入睡，就躺在床上琢磨炸药的问题。这时，他突然想到手上的硝酸纤维素也是很容易着火的东西，如果用它和硝化甘油混合，会不会得到一种新型的炸药呢？

想到这里，他立刻从床上爬起来，跑到实验室，一个人做起实验来。他把大约一份重的硝酸纤维素，溶于九份重的硝化甘油中，得到了一种爆炸力很强的胶状物——炸胶。这种新型的炸药不仅有高度的爆炸力，而且更加安全，还能压制成条状。可即便如此，诺贝尔还是觉得不满足，他又在配方中掺入了少量的樟脑，制出了无烟炸药。这种无烟炸药至今还在军事工业中被普遍使用着。

故事启发

在诺贝尔身上，有很多优秀的品质值得我们学习。他注重实践，每一项发明都经过反复实验后才下结论，这体现了他作为科学家的尊重事实、追求真理的精神；他很重视创新，积极尝试新材料，使新研制成功的炸药更强大也更安全；他用勇气排除了前进道路上的一切困难，在错误中努力吸取经验和教训，最终成为了令人敬佩的成功者。

70

发明元素周期表 门捷列夫

德米特里·伊万诺维奇·门捷列夫（1834—1907），出生于俄罗斯帝国的托博尔斯克。他是19世纪俄国最著名的化学家之一。他发现了化学元素的周期性，还针对此规律编写出了世界上最早的元素周期表。在他编写的元素周期表中，不仅有当时已经发现的63种元素，还留下空位，预言了硼、铝、硒等未知元素的存在。人们为了纪念他的杰出贡献，将他编写的元素周期表命名为“门捷列夫元素周期表”。

在门捷列夫生活的时代，整个化学界正处于积极探索元素规律的阶段。当时，化学家德贝莱纳和纽兰兹从各个角度及不同的深度对元素之间的联系进行了分析，但他们没有将所有元素作为整体来概括。这种情况其实是非常可惜

的，特别是纽兰兹已经发现从某个元素开始算起，每到第八个元素就会和第一个元素性质相近，他还把这种规律称为“八音律”。这时候他与元素周期律之间只有一步之遥了，但他却没有进行进一步的探索。

与这些前辈们相比，门捷列夫的思路更加开阔，意志力也更加坚定。他不分昼夜地探索元素的奥秘，还经常走出实验室，到外界去考察，收集了大量资料。为了避免错失线索，他还将每个元素的特性以及共性都记在一张小卡片上，只要有时间就拿起来研究。渐渐地，他发现元素之间有一些相似的规律。比如说，某些性质相同的元素的原子量并不相近，而有些性质明显不同的元素，它们的原子量反而更加接近。

1869年2月19日，门捷列夫终于发现了化学元素的周期性。但是该怎样将这些元素排列出来，却让他犯难了。有一天，他在极度疲惫中进入了梦乡，梦到元素纷纷落到一些格子里。醒来后，他忽然有了灵感，便掏出了带在身上的纸片，记下了这个表格设计理念。

之后他开始排列元素周期表。在这个过程中，他大胆指出当时一些被化学专家们所公认的原子量是不准确的。比如，当时的化学家们都认为金的原子量为169.2，金元素应该排在锇、铱、铂的前面。可是门捷列夫却不同意这种观点，他仔细检查了自己的笔记，坚定不移地认为，金元素应该排在这三种元素的后面。后来，大家经过重新测量，确认锇的原子量为190.9、铱的原子量为193.1、铂的原子量为195.2，而金的原子量则为197.2，这才相信了门捷列夫理论的正确性。

故事启发

门捷列夫在梦中获得了灵感，这件事情听上去非常神奇，但却能够从侧面证明他在研究科学问题时是何等的专注。正是因为他将全部的注意力都集中在了这个问题上，才会在睡着之后，还会通过潜意识继续进行深层次的思考，而这种思考给他带来了灵感的爆发，使他突破了困扰自己的难题。

罗伯特·科赫（1843—1910），出生于德国克劳斯特尔。他是德国伟大的医学家、细菌学家，也是世界病原细菌学的奠基人和开拓者。他创立了固体培养基划线分离纯种法；宣布结核杆菌是结核病的病原菌；提出了控制霍乱流行的法则；他还在埃及、印度等地研究了鼠疫、疟疾、回归热、锥虫病和非洲海岸病等。1905年，他发表了控制结核病的论文，并获得了诺贝尔生理学或医学奖。

霍乱是一种非常可怕的疾病，百年前人们对霍乱几乎到了谈之色变的地步。在很长一段时间里，它无情地在世界各地肆虐，夺走了无数人的生命。

1866年，科赫在德国的汉堡遇到了霍乱爆发，无数霍乱病患者和尸体的悲惨情景深深地触动了他。也就从那时起，他一直希望有一天可以战胜霍乱。

1883年，埃及爆发了严重的霍乱。埃及政府束手无策，向德国和法国发出了紧急求援的电报，当时最有名的医学家纷纷组织使团开赴埃及亚历山大港，科赫也在其中。

刚到埃及不过几个小时，科赫就投入尸体检查工作中，他不顾个人安危，亲自解剖了一具刚刚死于霍乱的尸体。这次他在尸体的肠壁上发现了逗点状的细菌，这是他以前从未见过。

就在他准备进一步研究的时候，埃及的霍乱高峰突然消失了。为了证实自己刚刚得到的一点讯息，科赫又离开埃及，赶赴霍乱发源地印度，试图揭开霍乱之谜。在这里，他着手解剖了32具霍乱病患者的尸体，还检查了16名霍乱病患者，发现了同之前一样的逗点状的细菌。他认为这就是霍乱病毒。那么，它们到底是通过什么方式传播的呢？

科赫为了找到霍乱传播的途径，特地来到印度人口最密集的平民区，开始观察普通居民的生活习惯。一天，他听说加尔各答一个地区有很多人突然之间染上了霍乱。他连忙赶往现场，进行调查研究，发现这些患病的人几乎都居住在一个小池塘附近，他们每天都在这同一个池塘里洗澡、洗衣服，有时甚至直接从池塘中取水饮用。

科赫马上想到，水可能就是病毒传播的途径。他以此为起点，做了大量的实验和研究，终于揭开了霍乱之谜——不干净的饮水、食物、衣服等正是霍乱弧菌滋生的场所。之后，科赫提出要采取卫生措施来消灭霍乱菌，他通过不懈努力，终于说服了人们改变卫生习惯，由此也找到了控制霍乱的有效方法，挽救了无数人的生命。

故事启发

科赫能够成为战胜霍乱的第一人，不光是因为他比别人更细心，更用心，更是因为他比别人更有献身精神，面对危险的传染性疾病，科赫义无反顾地冲上了最前线，他不怕苦、不怕累、更不怕死，他心中关注的问题只有一个，那就是要揭开真相，他这种不怕牺牲、忘我奉献的科研精神令人动容。

72 发现X射线

伦琴

威廉·康拉德·伦琴（1845—1923），出生于德国莱纳普（今雷姆沙伊德）。他是德国著名的实验物理学家。1895年，他发现了X射线。为了纪念伦琴的成就，X射线也被称为伦琴射线。除了X射线外，伦琴在物理学的许多领域都取得了很大的成绩，比如他对电介质在充电的电容器中运动时的磁效应、气体的比热容、晶体的导热性、热释电和压电现象、光的偏振面在气体中的旋转、光与电的关系、物质的弹性、毛细现象等方面都有过深入的研究，并获得了各种荣誉不下于150项。1901年，他还成为了诺贝尔奖的第一位物理学奖获得者。

1895年的一个深秋的傍晚，寒风吹得树叶瑟瑟作响。维尔茨堡大学物理研究所实验室的一个房间里还亮着灯，时任物理所所长的伦琴正埋头从事研究工作。

在伦琴面前的桌子上，摆放着各种各样的仪器和用具，他正在研究一台真空放电器。他在全部由玻璃做成的“合吐路夫管”（一种真空放电管）的两端接上感应线圈，再接上高压电，之后便听到了“啪、啪”的响声，蓝白色的光线也开始在玻璃管里流动起来。

伦琴目不转睛地观察着这个实验，忽然，他注意到距离仪器1米之外的一块荧光屏上透出了一点亮光。按理说，伦琴当时所做的实验是不能有光透过玻璃管壁的，那么他看到那很微弱的光是怎么回事呢?

伦琴猜测是装置设计不够严密，才让光线透出了管壁。为了再看清楚些，他把屋里所有的灯都关掉，又放下窗帘，然后用黑纸一层一层地把仪器紧紧地包住，可是荧光屏却依然发着光。之后他反复供电、断电，荧光屏时明、时灭。他还分别把纸张、木板、铝板放在仪器和荧光屏之间试了试，看到荧光屏仍在发光。这下他脑海中有了个大胆的想法：看来是有一种肉眼看不见的射线从仪器中“逃”了出来，才让荧光屏发光的，而且这种射线能够穿透纸、木头和铝。

这个重大的发现让他感觉特别兴奋。他提心吊胆地把自己的手也放了过去，这时他看到荧光屏上居然模模糊糊地映出了自己的手骨，显然，这种射线也能穿透肌肉，但却被密度更大的骨骼挡住了，所以骨骼才会显示在荧光屏上。这幅画面让伦琴激动地不能自已，他深知这个发现会带来历史性的变化。于是他把其他的研究工作搁置下来，开始专心致志地做这个新研究。

由于数学上常用X来代指未知数，伦琴就用X来为这种射线命名。1896年，伦琴将X射线公之于众，立即引起了巨大的轰动，其反响之强烈，影响之深远，实为科学史上所罕见。

故事启发

伦琴的成功是注意力、观察力和对科学的热爱相结合的结果。没有注意力和观察力，就不可能察觉那一点点不易被人发现的荧光；没有对科学的热爱，伦琴就不会不知疲倦地换用各种材料来进行实验，甚至不惜用自己的身体来冒险。这也告诉我们，任何科学发现都不是偶然的，而是对智慧和努力的必然的回报。

托马斯·阿尔瓦·爱迪生（1847—1931），出生于美国俄亥俄州米兰镇。他是举世闻名的电学家和发明家，被誉为“光明之父”“现实中的普罗米修斯”“发明大王”等。他一生拥有两千多项发明。他还发现了爱迪生效应，即在接近真空的状态下，电流可以在彼此不相接触的电线之间通过。爱迪生效应在科学史上具有重要意义，并最终导致了电子工业的兴起。

1821年，英国科学家戴维和法拉第发明了一种电灯。这种电灯用炭棒作灯丝，虽然能发出亮光，但耗电量大，寿命短，同时有些刺眼，所以很不实用。在这种情况下，爱迪生下决心要发明一种实用的、光线柔和的电灯。

然而，在寻找合适的灯丝材料时，爱迪生却遇到了困难，他进行了无数次实验，效果却仍不理想，不过他并没有因此而放弃努力。

一天晚上，爱迪生在实验室里辛勤地工作着，他一边思考下一次的实验安排，一边把一块压缩的烟煤在手中无意识地搓揉着。不知不觉中，烟煤被他搓成了一根细线。他看着这根细线，突然产生了灵感：我可以用各种各样的细丝来做灯丝啊！

正在这时，爱迪生的老朋友麦肯基来看望他。麦肯基看到他在拼命地工作，有些担心地说："你可别累坏了身体啊！"爱迪生却充耳不闻，因为他的注意力全在麦肯基长长的胡须上，他迫不及待地打断了麦肯基，对他说："胡子，先生，我要用您的胡子。"

麦肯基了解他的脾气，无奈地点点头，剪下了一绺胡子递给他。爱迪生激动地从中选了几根，进行了炭化处理后，将它们装入灯泡，然后抽出灯泡里的空气，再接上电流……令人遗憾的是，这次实验并没有取得成功。

麦肯基小坐了一会儿，打算离开。爱迪生站起身送他走的时候，下意识地帮他拉平了身上穿的棉线外套。这时，他又大叫起来："棉线，为什么不试试棉线呢？"麦肯基一听，赶紧解开外套，撕下一块棉线织成的布，交给了爱迪生。爱迪生把棉线放在U形密闭坩埚里，再把坩埚放入火炉，进行高温处理后，再放入灯泡。爱迪生的助手把灯泡里的空气抽走，然后小心谨慎地封上口，接通电源……奇迹出现了：灯泡发出了金黄色的光芒，照亮了整个实验室。

爱迪生和他的助手屏住呼吸，紧张地注视着灯泡。1小时、2小时、3小时……这盏电灯足足亮了45个小时，灯丝才被烧断，它也成为了人类第一盏有实用价值的电灯。之后，爱迪生继续研究，又找到效果更好的竹丝，使得灯泡更加耐用，可以连续点亮1200个小时。就这样，电灯开始被广泛使用，给人们的生活带来了极大的便利。

故事启发

爱迪生在改进电灯的过程中，经历了无数次失败，但他没有因此退缩，他不断努力，终于实现了自己的理想。我们应当学习爱迪生不怕困难、不怕失败的精神，在生活中遇到失败和挫折，我们也要努力找出原因，然后想办法改进，一步一步战胜困难，迎来属于自己的成功。

伊万·彼德罗维奇·巴甫洛夫（1849—1936），出生于俄罗斯梁赞市。他是俄国著名的生理学家、心理学家、医师，也是高级神经活动学说的创始人和高级神经活动生理学的奠基人，还是条件反射理论的建构者。从1878年到1890年，巴甫洛夫重点研究血液循环中神经作用的问题，不久，发现了胰腺的分泌神经，又发现心脏有一种特殊的营养性神经（这种神经也被科学界人士称为“巴甫洛夫神经”），由此开辟了生理学的一个新分支——神经营养学。之后，他开始了消化系统的研究，彻底搞清了神经系统在调节整个消化过程中的主导作用。他也因为在消化生理学方面的出色成果荣获了1904年诺贝尔生理学或医学奖，成为世界上第一个获得诺贝尔奖的生理学家。

一天，巴甫洛夫准备研究狗的消化腺分泌的情况，可是在给实验用的一条狗喂食时，却意外发现了一个特别有趣的现象。

他观察到这条狗在吃食物时会分泌大量的唾液，而此时，它旁边一条较老的狗虽然并没有吃到什么东西，只是看着食物就开始流口水了。看到这一场景，巴甫洛夫觉得很是有趣，他没想到没有吃到食物的狗仅仅凭借视觉效果也会做出分泌唾液的反应。

为了把这个有趣的现象解释清楚，巴甫洛夫开始了一系列有计划的实验。首先，他找来了几条专门用来做实验用的狗，然后给每一条狗做了一个小手术，即改变了狗的一条唾腺导管的路线。通常唾液是通过唾液腺的导管流入狗的口腔的，但是经过巴甫洛夫的改变后，狗的唾液会顺着这条导管流到体外。这样，巴甫洛夫就可以接取和计量由导管滴出的唾液了。

之后，等到狗的手术创口愈合后，巴甫洛夫便开始了新的实验。他确定每次给狗吃肉的时候，狗都会流口水，而且看到肉也会流口水，由此证明这些狗都是健康的。然后他就在喂狗前先发出一些信号，先对着狗摇铃，再给狗喂食；多次重复训练后，他尝试了一次只摇铃不喂食，却发现狗还是流出了口水，可见狗对摇铃是有反应的，它们已经把铃声视为进食的信号，所以才会自动流口水。

巴甫洛夫又把摇铃改成了吹口哨、打节拍、开灯等等，经过多次实验之后，他发现狗的行为确实会受到刺激信号的影响，会让神经和大脑做出反应，从而会出现“流口水”这样的表现。他把这种现象称为“条件反射”。

从1901年起，巴甫洛夫专心从事条件反射实验研究，取得了显著的成果，并因此赢得了国际性的声誉。

故事启发

巴甫洛夫通过观察狗在吃东西时流口水这个常见的现象，总结出了心理学中非常重要的“条件反射”原理，他的成功绝非偶然。他在进行实验时注重循序渐进，对待科学问题一丝不苟，对实验犬亲自喂食、亲密接触，这样才能观察到更多的科学现象，而且也不会忽略很多重要的科学细节。他能获得巨大的成就，就与他的细致、认真、循序渐进的科学态度有很大的关系。

75 毫厘之间赚取成功 拉姆赛

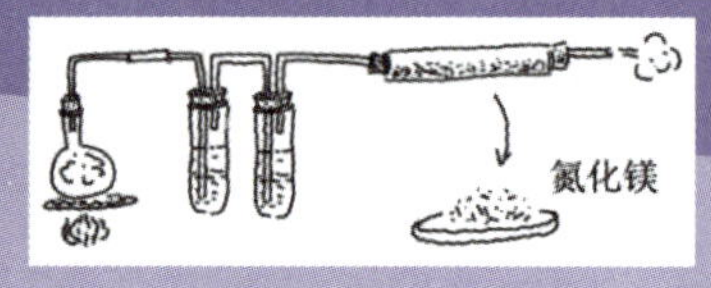

威廉·拉姆赛（1852—1916），出生于英国苏格兰格拉斯哥市。他是著名的化学家，曾被选为英国皇家学会会员。他与物理学家洛德·瑞利等合作，先后发现了氦、氖、氩、氪、氙等气态惰性元素，并确定了它们在元素周期表中的位置，因而获得了1904年的诺贝尔化学奖。1908年，他又分离出了放射性气体氡，弥补了元素周期表右侧的最后一个区域。因为他的突出贡献，人们尊称他为“惰性元素之父”。

1892年，拉姆赛的一位好朋友，英国物理学家瑞利在测量不同来源的氮气的重量时，发现了一件奇怪的事情：空气中氮的密度居然比从一氧化氮、氨、尿素中得到的纯氮气的密度要大0.0067。虽然这点差别只相当于一个跳蚤的重量，但瑞利却很想弄明白原因。于是，他找来拉姆赛一起研究。

拉姆赛对这个问题非常重视，他停下了手头的工作，和瑞利一起研究起来。首先，他重复了瑞利的实验，得到了同样的结果。他猜想从空气中获得的氮不是纯氮，里面肯定混入了比氮重的杂质气体。为了把这种杂质找出来，他把已经除去水气、二氧化碳和氧气的空气通过装有赤热镁屑的瓷管，使空气中的氮与镁发生反应，生成氮化镁而被分离出去，如此多次反复之后，管子里就只剩下杂质气体了。经过测定，它的重量几乎是氮的一倍半。如此一来，之前困扰瑞利的问题就得到了解决。

1894年8月13日，瑞利和拉姆赛向科学界公布了这个新发现。他们经过多次实验证明，这种新气体几乎不会与任何元素起化学反应，所以，他们给它起了个名字叫“氩”，也就是希腊语中“懒惰”的意思。这个发现轰动了全世界，但拉姆赛却没有被鲜花和掌声冲昏了头脑，他继续进行探索，想要知道空气中是否还存在其他未知的元素。之后，他与其他科学家合作，又先后发现了另外几种惰性气体，取得了空前伟大的成功。

故事启发

拉姆赛曾经说过这样一句话：“多看、多学、多试。一个人如果怕费时、费事，则将一事无成。”这句话为我们解释了他成功的原因，的确，科学研究是需要下苦功夫的事情，容不得投机取巧和偷懒敷衍，只有像拉姆赛这样，踏踏实实、不厌其烦地反复尝试、不断努力，才能找出埋藏在现象背后的真理，并获得更多的成就。

76 醉心化学研究

费歇尔

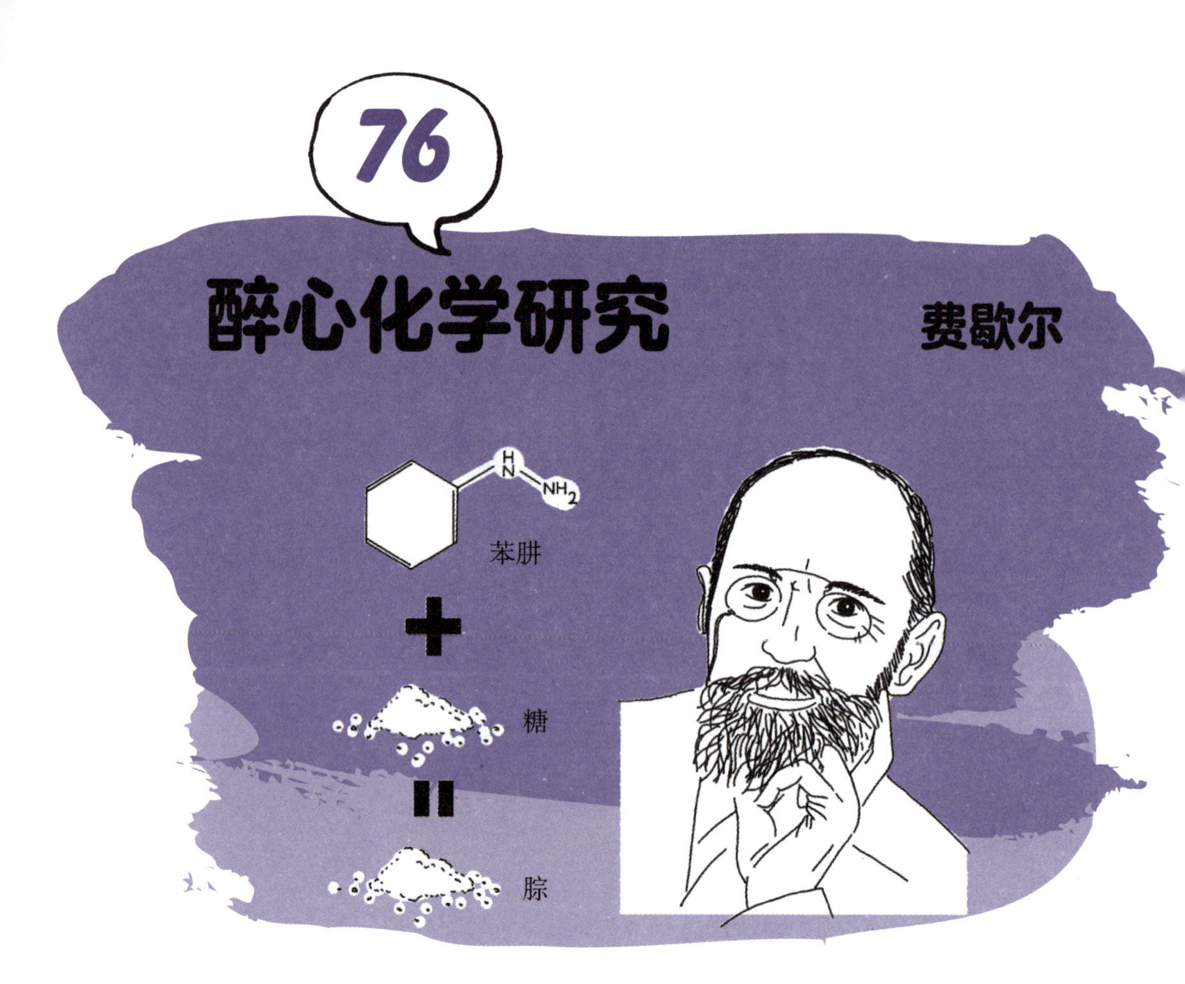

埃米尔·费歇尔（1852—1919年），生于德国奥伊斯基兴。他是德国著名化学家，也是生物化学的创始人，在有机化学领域做出过非常重要的贡献。他首先研究了葡萄糖的性质；还提出了有机化学中描述立体构型的重要方法——费歇尔投影式；他又对蛋白质的组成和性质进行了开创性的研究；他还使用亚硫酸盐还原重氮苯，合成了苯肼。1902年，他因对糖和嘌呤的合成获得了诺贝尔化学奖。

费歇尔小时候家庭幸福、生活富裕，他的父母希望他能够学着做生意，以便将来打理家族企业。可是费歇尔从小就对经商不感兴趣，他真正热爱的是自然科学，尤其是化学方面的。

那时候，费歇尔的父亲开了一家印染厂，可是因为对印染工艺不了解，连续出了好几次大的纰漏，也造成了严重的亏损。费歇尔就对父亲说：“您看，这就是不懂化学知识的后果。”父亲对此深以为然，此后不但不阻止费希尔学化学，反而主动提出送他到著名的波恩大学去进修。

在波恩大学，费歇尔虽然学到了很多化学知识，但他却很不喜欢学校的实验室。那里不仅缺少仪器，就连很多必要的化学试剂也没有，让费歇尔很是失望。后来，他转学到了设备精良、历史悠久的斯特拉斯堡大学，在这里，他遇到了恩师拜耳，在拜耳的指导下，他走上了系统的化学研究的道路。

费歇尔醉心于化学实验，发现了化合物苯肼，通过进一步的观察和研究，他还发现苯肼是鉴定醛和酮的更好的试剂，这为他以后的研究提供了基础。大学毕业后，他又和拜耳合作研究苯胺染料，也取得了突出的成果。当时很多大学都向他伸出了橄榄枝，开出了优厚的条件，想聘请他当化学教授，但他考察过那些学校的实验条件和学术氛围后，觉得不够满意，便婉拒了他们的请求。

随着他的名气越来越大，工业界的企业家们也注意到了这位才华横溢的年轻化学家。有一家生产苯胺的德国公司开出了每年10万马克的高薪，只希望费希尔能去研究部门指导一下工作人员的思路。费歇尔却不为所动，他告诉对方：“非常感谢您的美意，对我自身和研究来说，自由是极为宝贵的，我不愿用它来换取财富、金钱和权力。”他就这样一门心思地从事着化学研究，不断获得令人震惊的研究成果。当时工业界有这样一个说法：“从费歇尔的实验室里，随便拿出一个方案，就能开一座大工厂。”可是费歇尔从来就没有产生过用研究成果为自己谋利的想法，他心中的目标只有一个，那就是要拓展新的化学领域。也正因为这样，他才能成为德国化学界的最高权威，并能够成为世界有机化学领域的领袖。

故事启发

在费歇尔的人生中，最重要的事情就是化学研究。他本可以利用科研成果获取名利，但他不愿意也不屑于这么做，他用自己的经历告诉了我们，一位真正的科学家应当是什么样子的。有人曾经这样赞扬道：“在他一生的工作中，费歇尔自己铸就了一座丰碑，它无疑将与地球文明共存。”

保罗·欧立希（1854—1915），出生于德国西里西亚，他是德国医学家、细菌学家、免疫学家，还是近代化学疗法的奠基人之一。1910年，他发明了治疗梅毒的洒尔佛散，即砷制剂“606”，为化学疗法的发展做出了重大贡献，因而荣获了诺贝尔生理学或医学奖。

欧力希在医院工作的时候，常常能够看到被各种细菌折磨的病人，尤其是那些苦不堪言的梅毒患者，更是让他心生同情。欧立希立志要寻找到杀死梅毒细菌的药物。

欧立希的老师科赫是著名的细菌学家，他首创了用染料使细菌着色的办法，可以更好地观察细菌的大小和形态结构。这不但给欧立希研究细菌提供了方便，还让他想到了一个杀死细菌的好办法。他想，既然染料能够进入细菌内部，那么何不就用这种染料来杀死细菌呢？当然，这个办法能否奏效，还需要通过大量的实验来证明。

欧力希首先选用了锥体虫来做实验。他和助手们把含有锥体虫的血液注射到健康的小白鼠身上，再给小白鼠注射染料，希望染料能够杀死细菌。可是，染料试了一种又一种，效果都不理想，小白鼠很快就染病死亡了。欧立希没有泄气，仍旧一丝不苟地重复着实验。他一口气实验了500种颜料，搞得助手们苦不堪言，他们都劝欧立希道："您还是放弃吧，这个法子是行不通的。"但欧立希坚持自己的看法。

有一天，欧立希在连续几次实验失败后，疲倦地坐在沙发上，打算休息一会儿。他顺手拿起了一本化学杂志翻看起来，突然，他的视线停留在一篇文章上，只见那上面写着：在非洲正流行着一种可怕的昏睡病，这种疾病恰好是由锥体虫引起的，锥体虫进入人体血液后，就会让患者陷入无休无止的睡眠中，最后在昏睡中死去。几位医学家做了相关的研究，他们发现一种染料"阿托西尔"可以杀死锥虫，但糟糕的是病人会因此而双目失明。

看到这里，欧立希激动地大叫起来："我怎么把这种染料给忘了呢？"他正打算用这种染料去做实验，又想到染料中含砷，具有毒性，所以聪明的他决定改变其化学结构，使它只杀死罪恶的锥体虫，却不会伤害到小白鼠。

1909年，欧立希研制的第606号药剂取得了惊人的成功。欧立希小心地将一小撮淡黄色粉末稀释后，注射到患病的小白鼠身上。结果，小白鼠体内的锥体虫不断减少，最后竟完全消失了。

欧立希十分惊喜，他把这种神奇的药剂称作"606"，它成为医学上治疗梅毒等病菌感染的有效药物，被人们誉为"梅毒的克星"。

故事启发

欧立希立志为病人发明良药，在这个过程中，他经历了605次失败，但他百折不挠，在他人都劝他放弃的时候，他毫不动摇。在学习和生活中，我们难免会遇到各种各样的困难，这时，我们要像欧立希一样相信自己并鼓足勇气，再凭借自己的聪明才智去想办法，就不怕找不到战胜困难的机会了。

伊万·弗拉基米洛维奇·米丘林（1855—1935），出生于俄国梁赞州普龙斯克县。他是苏联卓越的园艺学家、植物育种学家，也是“米丘林学说”的创始人。他一生培育出了300多种品质优良的果树品种，并提出了关于动摇遗传性、定向培育、远缘杂交、无性杂交和驯化等改变植物遗传性的原则和方法，他还著有《工作原理和方法》《六十年工作总结》等著作，其中的学说已经成为生物科学进一步发展的方向。

米丘林年幼时常跟着父亲到果树园、苗圃和接枝场工作。在那里，小米丘林成了父亲最勤快的助手，父亲要修剪树枝的时候，他就负责递剪刀；父亲要捉虫子，他就负责提着小桶……米丘林就这样爱上这片广阔的果园，也爱上了神奇的大自然。他采摘果实、收集种子，整天忙着挖土、栽植、播种、浇水。后来，他还迷上了果树嫁接，八岁就从父亲那里学会了植物的各种嫁接方法。

成家之后，米丘林在自家的庭院后面开垦了一小块土地，播种了精选的苹果、梨、樱桃等水果种子。只要稍有闲暇，米丘林就会在那里培育植物新品种，同时还会做果树地理分布方面的研究。

越是深入地研究，米丘林越觉得俄国果树园艺技术还很落后，这激起了他献身于园艺改良事业的决心。但是由于缺乏足够的知识和经验，米丘林的第一次植物改良事业以失败告终。

为了寻找失败的原因，他几乎24小时待在果园里，过上了与果树为伍的生活。从气候、土壤到水质，他都想办法做了改进。之后，他又采取花粉人工传授的新方法，但这次试验的效果非常不理想，这不免让他感到十分苦恼。

就在此时，一次偶然的参观启发了他的灵感。那是在当地一位大地主的果园里，米丘林有幸品尝了一棵优良果树结出的苹果。之后他趁主人不注意，把吃剩下的苹果偷偷揣进兜里。回到家后，他将苹果果心播种下去，待长出枝条后，就和自己的苹果树进行杂交，没想到结出的苹果口感有提升。有了这次经验，他就去参观俄国那些最著名的果园，每次都会顺手带回优质品种的枝条或果实，也积累了很多有价值的种植经验。

就这样，米丘林依靠果树杂交的办法，通过几十年的辛勤劳动和大量的实验，实现了园艺改良的目标，他还提出了自己的杂交理论，他也成为了一代伟大的园艺学家。

故事启发

米丘林有一句名言："在创作家的事业中，每一步都要深思而后行，而不是盲目地瞎碰。"他也确实做到了这一点，因为他知道在复杂的自然界面前，并不是每一滴汗水都有收成，想要有所成就，除了努力之外，还必须减少盲目性，讲究科学性；减少莽撞性，重视规律性。

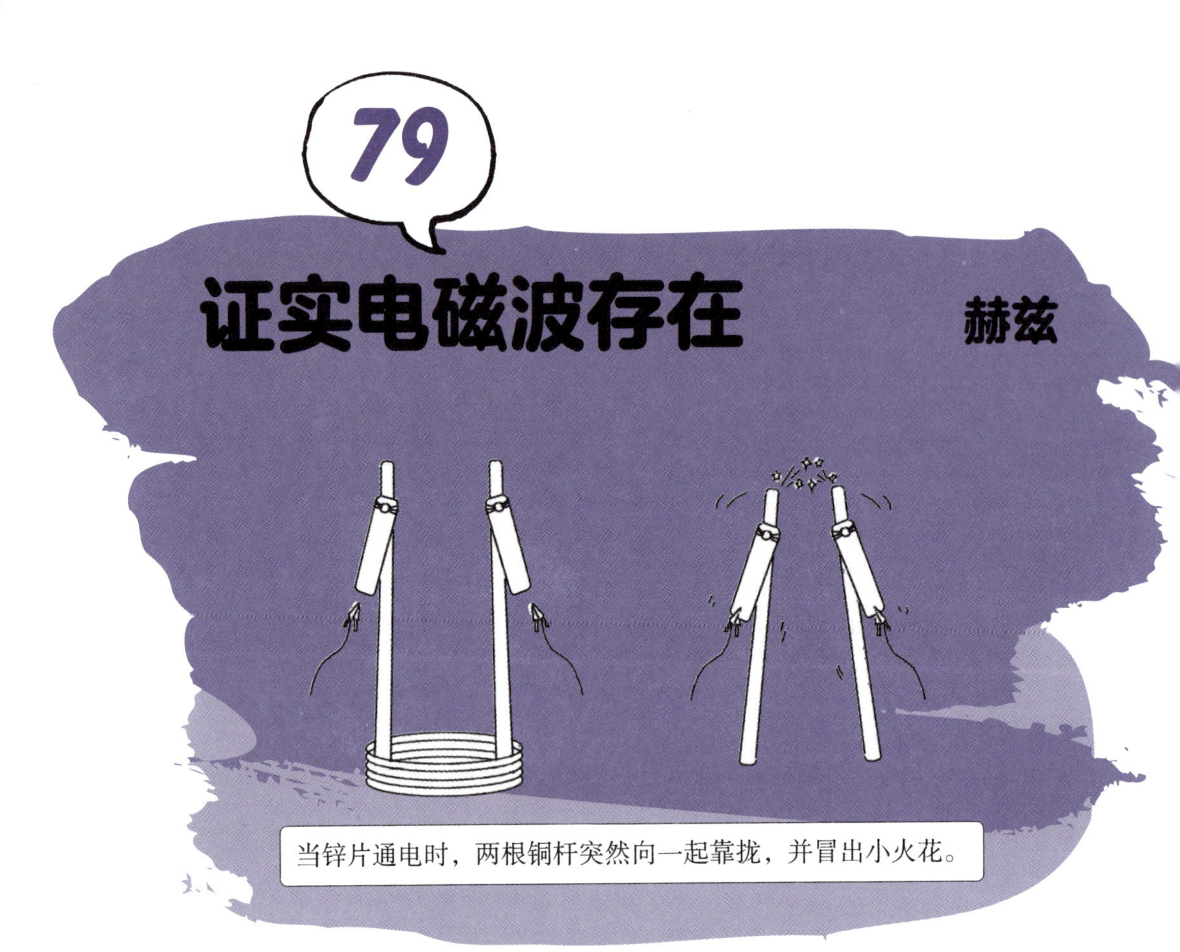

当锌片通电时，两根铜杆突然向一起靠拢，并冒出小火花。

海因里希·鲁道夫·赫兹（1857—1894），生于德国汉堡。他是德国物理学家，一生致力于物理学的研究，对人类最伟大的贡献是在1888年用实验证实了电磁波的存在。他的发现具有划时代的意义，开创了无线电电子技术的新纪元，成了近代科学史上的一座里程碑。为了纪念他的功绩，频率单位赫兹就是以他的名字命名的。他的代表著作有《论动电效应的传播速度》等。

赫兹从上大学起就开始探讨麦克斯韦的“电磁说”，但一直没有结果。不过他一直没有放弃，希望能够通过实验证明电磁波的存在。他对每一次实验的结果都非常重视，并从客观的角度做出冷静的评价。一次实验成功后，他也不会觉得满足，还要从各个角度进行验证，看看结论是否准确，是否能够启发自己产生一些新的灵感。因为当时的实验仪器较少，功能也不全面，所以赫兹还常常自己动手去做一些简单的仪器。比如他在电磁波实验中经常用到的检波器就是其中之一，这种小仪器在一次实验中还派上了大用场。

那次实验的目的是要验证麦克斯韦的电磁说是否正确。当时，赫兹打算尝试一种新的实验方式。他将两片锌板分别系在两条光滑的铜杆上，同时又让铜杆接触到感应圈的两端。当锌片通电时，两个铜杆突然向一起靠拢起来，并且还冒出了微弱的小火花。

赫兹立即被这一现象吸引了，他赶紧拿出检波器来检查这些火花中是否含有电磁波。这个检波器是用弯成圆形的导线制成的，导线的两个端点间留有一点间隙。当检波器靠近冒火花的铜球杆时，赫兹看到导线的间隙处也有电火花爆发出来。这些火花正是电磁波在导线上产生感应电压而造成的，由此就充分证明了麦克斯韦的电磁说是正确的。

之后，赫兹对这些电磁波进行了更加精密的实验和深入的研究，每次实验都记下它们的路线、长度以及反射和折射的情况。他还发现这些电磁波速度和光速一样快，可以毫无阻碍地瞬间通过高山，但却透不过金属片。此外，赫兹又做了一系列实验。他研究了紫外光对火花放电的影响，发现了光电效应，证明了光含有电磁波的性质，因而启发了科学家们对光和电的重新认识，开辟了无线电时代的新纪元。因为这是无线电发明的第一步，所以人们称这电磁波为“赫兹波”。

故事启发

科学研究从来都不是一件容易的事情，有很多人会对同一个领域的同一问题进行研究，但他们中的大多数人抓不住关键的方法，也缺少一点深入探究的精神，所以常会错失揭开真理面纱的机会，只有像赫兹这样富有创造精神又愿意深入、全面、透彻地调查研究的科学家才能获得最为宝贵的科学发现。赫兹十几年如一日，孜孜不倦地和电磁波实验打交道，把自己短暂的一生全部献给了光荣的事业，这种崇高的精神必将流芳百世、永载史册。

罗纳德·罗斯（1857—1932），生于印度乌塔朗查尔州的阿尔莫拉。他是英国著名的医生、微生物学家、热带病医师。他证实了疟疾是由蚊子传播的，这为成功地防治疟疾奠定了基础，也使他荣获了1902年度的诺贝尔生理学或医学奖。他毕生从事疟疾研究，曾著有《西非疟疾考察报告》《疟疾的预防》等书籍。

罗斯小时候，疟疾正在全世界肆意横行，母亲很怕他会传染上疟疾，不允许他上街去玩，还警告他说："现在疟疾闹得正凶，不乖乖待在家里，就会被传染上的。"

小罗斯惊讶地睁大眼睛，问妈妈："得病的人为什么会传染别人呢？"母亲答不上来，小罗斯就一直想着这些问题，还渐渐产生了要消灭疟疾的念头。

后来，罗斯被父母送到英国去读书。他非常勤奋，又很聪明，学习成绩名列前茅。大学毕业后，老师建议他留在英国的大医院工作，可他却念念不忘要攻克疟疾的梦想。

一天，罗斯和一位有名的英国医生帕·曼森爵士漫步在牛津路上，他主动向曼森请教与疟疾有关的问题，曼森谈起了关于“疟疾通过蚊子传播”的设想，罗斯听得津津有味。他想：“如果能够证明疟疾真是由蚊子传播的，那就好了，疟疾就可以被消灭干净了。”

从那以后，罗斯就按照曼森的思路开始了研究。他回到印度，找了个疾病多发的地区住下来，然后每天到处去捕捉蚊虫。但是经过多次对蚊子的解剖，他没有发现它们与疟疾有什么关系。不过他没有放弃希望，捕捉了更多的蚊子继续研究。有一天，他捉到了三只褐色的蚊子，让它们在蚊帐里吸疟疾病人的血，然后再去观察蚊子的胃。他切开了一只蚊子的胃，放到了显微镜下，竟然发现那里有一个奇妙的环状体。

第二天，他又继续解剖蚊子的胃。这只蚊子的胃壁上也存在同样的环状体，而且每一个环状体都有一个黑色的小颗粒，很像他之前在人体血液中的疟疾微生物身上看到的黑色素。罗斯仔细地思考了一番，终于明白过来：“这些环状体一定就是生长中的疟疾寄生物。时间越长，它们就会长得越大！”

两天后，他又切开了最后一只蚊子，发现那只蚊子胃壁上的环状体更大，而且上面都是漆黑的点。这更加证实了他的猜想，这下他可以肯定地说：“蚊子是传播疟疾的罪魁祸首！”

后来，罗斯又经过反复研究，确定疟疾这种传染病确实是由蚊子传播的，所以只要扑灭疟蚊，就能够有效预防疟疾的传播。这个发现挽救了无数人的生命，也让罗斯广受赞誉。

故事启发

罗纳德·罗斯曾经这样说道：“我的成功得益于坚持。”的确，蚊子是多么微小的生物啊，而罗斯却能够坚持数年研究蚊子，他的精神是难能可贵的。今天的我们也要注意培养自己的坚持精神，要学会始终如一、坚忍不拔，才能最终达成伟大的目标。

81 处理稿件

皮尔逊

卡尔·皮尔逊（1857—1936），生于伦敦。他是英国数学家、生物统计学家，也是公认的统计学之父。皮尔逊最重要的学术成就就是为现代统计学打下基础，他推导出一般化的次数曲线体系，发展了相关和回归理论，还推导出统计学上的概差，编制了各种概差计算表。同时，很多被大家所熟悉的统计名词，如标准差、成分分析、卡方检定等都是由皮尔逊提出的。

1901年，皮尔逊为了推广统计学在生物上的应用，创办了统计学元老级期刊《生物统计》，这是一本关于生物统计学的杂志。

这本期刊在创刊后，由皮尔逊亲自担任主编一职。在任职期间，皮尔逊严把稿件关，对于将要发表的文章，不论长短，他都要亲自阅读、审查一遍。无论是文章中提到的数据，还是得出的结论，他都要仔细研究一番，对于文章中所举的任何一个事例，乃至可能引起不必要误会的任何一个小小的措辞，他都不会轻易放过。

在审稿过程中，他遇到存在问题的文章，就会发回原作者，让其进行修改。如果问题实在过于严重，他就会干脆地退稿。也因为这样，他得罪了当时很多颇具才华的科学家和学者。著名的英国统计学家费希尔就因为这方面的原因与皮尔逊“结了仇”，当时费希尔向《生物统计》杂志投稿，皮尔逊在阅读后直截了当地提出了意见：“你写的文章我根本就看不懂。”费希尔是一个心高气傲的人，他很不服气，当场予以回击，说自己的论文“需要他人埋头研究两个小时以上才能理解”，但事实上，皮尔逊对每一篇稿子都会花费大量时间精力去阅读，不会随随便便地就给出评价。所以费希尔的态度让皮尔逊非常不满，他公开宣布说以后不可能在《生物统计》上刊登任何费希尔的论文。

自此，两人的关系越闹越僵，在学术问题上也一直争论不休。幸好有另一位性格温和的学者戈塞特一直从中斡旋，才让两人慢慢恢复了联系。

当然，这个小插曲并没有影响皮尔逊的严谨作风，他仍然保持着一丝不苟的态度，他在弥留之际，还坚持看完了《生物统计》第28卷几乎全部的校样，让身边所有的人都感动不已。

故事启发

科学容不得半分疏忽，每一个小到不能再小的细节，都有可能成为影响成败的关键。所以很多科学家在自己的领域中都是非常“计较”的人，皮尔逊就是这其中的一个典型。也正因为有了这些喜欢“较真”的科学家，人类的科学技术才会进步得如此之快。

提出电离理论　阿累尼乌斯

法拉第认为：“离子是在电流的作用下产生的”，可是……
浓度影响着许多稀溶液的导电性。

斯万特·奥古斯特·阿累尼乌斯（1859—1927），生于瑞典的乌普萨拉。他是瑞典物理化学家，也是电离理论的创立者。他提出了电离学说，认为电解质溶于水，其分子能解离成导电的离子，这是电解质导电的根本原因；他还提出了活化分子和活化能的概念，导出了著名的反应速率公式，即阿累尼乌斯方程。另外，他最先对血清疗法的机理做出了化学解释，开创了免疫化学。1903年，他获得了诺贝尔化学奖。

阿累尼乌斯在年轻的时候，就具有很强的实验能力，长期的实验室工作养成了他对任何问题都一丝不苟、追根究底的钻研习惯。

19世纪上半叶，已经有人提出了电解质在溶液中会产生离子的观点，当时科学界普遍认同法拉第的观点，认为溶液中的离子是在电流的作用下产生的。但是，细心的阿累尼乌斯却在实验的过程中发现了一个非常重要的现象，那就是溶液浓度不同，溶液的导电性不同，但是用法拉第的观点很难解释这种现象。

阿累尼乌斯向导师提出了自己的疑问，导师鼓励他继续研究下去。从此以后，阿累尼乌斯就开始了这方面的实验与研究。可是，他发现现有的实验仪器存在不足，而这种仪器却是导师亲自设计的。阿累尼乌斯不怕得罪导师，对仪器进行了大胆的改进。幸好导师是一个心胸宽广的人，不但没有生气，反而称赞他有自己独立的思想。

他用了几个月的时间，认真深入地进行实验研究，获得了大量的实验测量结果。为了处理、整合这些实验结果，又花费了不少时间和精力。那是一个非常枯燥，且非常需要耐心和注意力的过程，因为即使是一个数据计算失误，就可能导致之前所有的努力都白费了，所以他十分小心地去做这件事情，为此，好几个月都没有睡过一个好觉。

等到他完成了足够的实验后，就离开了实验室，开始总结、思考这一系列实验及数据背后暗含的规律。他想，在浓溶液中加入水之后，电流就比较容易通过，可是纯净的水几乎是不导电的，那水到底起了什么作用呢？他又想到，纯净的固体氯化钠晶体（食盐）也是不导电的，可要是把它溶解在水中，形成的溶液就能够导电，是不是因为氯化钠在水中溶解后，成为了氯离子和钠离子呢？他就这样一层层深入地思考下去，终于得出了“电离理论”。

不过，电离理论与法拉第的观念大相径庭，受到了当时的很多科学家的批评。阿累尼乌斯却没有放弃，他到处奔走，寻找著名学者的支持。最终功夫不负有心人，他的学说被世人承认了，他也因此获得了诺贝尔奖。

故事启发

阿累尼乌斯不肯迷信权威，要开辟出一条科学研究的新路来。成功往往就属于他这样的不肯循规蹈矩的人物，他们拥有自己的主见，拥有鲜明的个性，常常能够产生绝妙的新思路。他们是引领潮流的斗士，也是引导人类不断走向进步的英雄。

创立遗传基因学 摩尔根

托马斯·亨特·摩尔根（1866—1945），出生于肯塔基州的列克星敦。他是美国生物学家，遗传学家，被誉为“遗传学之父”。他创立了现代遗传学的“基因理论”，还发现了染色体是基因的载体，并确立了伴性遗传规律。他还发现了位于同一染色体上的基因之间的连锁、交换和不分开等现象，从而建立了遗传学的第三定律——连锁交换定律。1926年，他撰写的《基因论》对基因这一遗传学基本概念进行了具体而明确的描述，推动了基因学的发展。由于他在遗传领域成绩突出，1933年获得了诺贝尔生理学或医学奖。

摩尔根的家族曾经煊赫一时，后来家境逐渐衰落。父母都希望小摩尔根能够从政或经商，重振家族雄风。

但是，小摩尔根对于这些事情根本就没有兴趣。他的全部注意力都被五彩缤纷的大自然吸引了。他喜欢到野外捕蝴蝶、捉虫子；有时还会把捕捉到的虫、鸟带回家解剖，研究它们身体内部的构造。

在霍普金斯大学读书和留校任教的岁月里，摩尔根逐渐将研究方向转到了遗传学领域，为此他还专门找了一间实验室做遗传学研究。因为他主要观察和实验的对象都是果蝇，所以人们将他的实验室称为“蝇室”。在那间实验室里，除了有几张旧桌子外，剩下的就是培养了千千万万只果蝇的几千个牛奶罐。

为了诱发果蝇发生突变，摩尔根一刻不停地对它们进行各种实验，使用X光照射、激光照射，改变它们生活的温度，在牛奶罐中加糖、加盐、加酸、加碱，甚至不让果蝇睡觉。各种手段都使用了，但是却毫无收效。就在摩尔根觉得十分沮丧的时候，他的实验室里迎来了一位“不速之客”。

1910年5月的这天，摩尔根如常来到实验室，观察他的上千只果蝇。这时一只奇特的果蝇吸引了他的注意。定睛细看后，他发现这只雄蝇的眼睛不像同胞姊妹那样是红色的，而是白色的。

摩尔根把这只小果蝇取出来单独培养，再用它与一只红眼雌果蝇交配，得到的下一代果蝇全是红眼；可要是用白眼雌果蝇与红眼雄果蝇交配，后代中的雄果蝇全部是白眼，雌果蝇却都是红眼。他因此得出结论：“眼睛的颜色基因和性别决定的基因是结合在一起的，在X染色体上。”后来他又经过各种各样的果蝇杂交实验，终于证明了染色体就是基因的载体，而性别决定于染色体。基因学说从此诞生，男女性别之谜也终于被揭开。

故事启发

摩尔根热爱遗传学，在从事研究工作时又不乏睿智、细心，他从众多的物种中选择了体积小、占地少、繁殖快的果蝇来做实验，如此才能发现不为人知的基因秘密。他的成功向我们证实了这样一条道理：智慧的大门，只对那些既有充分准备，同时又善于在细节中寻找曙光的人敞开着。

威尔伯·莱特（1867—1912），出生于美国印第安纳州密切维，他的弟弟是奥维尔·莱特（1871—1948），出生于美国俄亥俄州代顿市，他们是美国伟大的发明家，被人们合称为“莱特兄弟”。1903年，他们制造出了第一架依靠自身动力进行载人飞行的飞机“飞行者一号”并试飞成功。1906年，他们的飞机在美国获得了专利发明权。

莱特兄弟在小时候就有一个飞天梦，希望制造出一种能帮助人飞上天空的机器。

他们先是观察了老鹰在空中飞行的动作，然后一张又一张地画下来，之后才着手设计滑翔机。1900年，莱特兄弟终于制成了他们的第一架滑翔机。在试飞之前，兄弟俩用了一个星期的时间把滑翔机调试好：先把它系上绳索，又在前面安装上升降舵，使它能够像风筝那样升上天空。这次试飞虽然成功了，但飞行高度还不到2米。

第二年，兄弟俩又改良了滑翔机的设计，这次试飞的高度可以达到180米，但是这并不能满足兄弟俩飞上蓝天的梦想。经过反复思考后，他们决定制造一种不用风力也能飞行的机器。但是，他们进行了无数次实验，仍然想不到可以用什么动力把庞大的滑翔机和人一起运到高空。

他们只好暂时放下这个想法，回头去料理自行车修理店的生意，毕竟，他们需要大量的经费才能支持飞机的研制。一天，兄弟俩正在店里忙碌着，忽然走进来一个陌生人。陌生人向他们求助道："我的汽车发动机坏了，想向你们借一件工具修理一下。"

就在这个时候，一个灵感突然划过兄弟俩的脑海，他们同时想到可以用发动机来推动飞机飞行。从这以后，兄弟俩就围绕发动机的问题开动脑筋。然而，当时所有的发动机生产公司都不愿意冒险制造航空发动机，莱特兄弟到处奔走，好不容易才找到了一个工程师愿意帮他们制造一台能够提供12马力的动力、重量却只有70多公斤的汽油发动机。就这样，莱特兄弟顺利组装出了人类历史上第一架飞机"飞行者一号"。

1903年12月17日，莱特兄弟在美国北卡罗来纳州的一片空旷的沙滩上开始了第一次试飞，虽然"飞行者一号"飞得不太平稳，但它确实成功升上了天空，还在空中停留了12秒，并飞出了36．5米远，才落到了沙滩上。后来兄弟俩又轮流试飞，最远的一次飞行了260米，在空中停留时间接近1分钟。至此，人们苦苦追求的飞行之梦终于实现了！

故事启发

飞机的诞生，是人类借助机械突破自身条件限制征服自然的一个极其伟大的创举。我们在享受着飞机给生活带来的便捷与舒适时，不能忘记莱特兄弟为此付出的智慧和汗水。我们更要学习兄弟俩身上的那种"敢为天下先"的魄力，拥有了这种魄力，才有勇气去开拓别人尚未涉足的领域，也才能够铸就辉煌的人生。

玛丽·居里（1867—1934），出生于波兰华沙。法国著名的物理学家、化学家，也是放射性现象的研究先驱，世称“居里夫人”。1903年她和丈夫皮埃尔·居里因为在放射性方面的研究与发现共同获得了诺贝尔物理学奖；1911年，她又因为成功分离了镭元素而获得诺贝尔化学奖。居里夫人不但是第一个获得诺贝尔奖的女性科学家，同时也是第一个一生当中获得两次诺贝尔奖的科学家。在她的辅导和帮助下，1935年，她的长女伊伦·约里奥－居里和长女婿弗雷德里克·约里奥－居里共同获得诺贝尔化学奖，成为了永远的佳话。

1898年，居里夫妇在人们异样的眼光中，将一吨废矿渣搬进了他们极其简陋的实验室里，他们要干什么呢？原来，居里夫妇在发现了新的放射性元素钋后，通过实验又发现了一种新的放射性元素，他们把这种新元素命名为“镭”。

为了向化学界证明“镭”是确实存在的，他们必须要将其提炼出来，拿到实物才可以。为此，他们花费了全部的积蓄，还变卖了自己所有值钱的财物，才买到了一些矿渣，但是这远远不够实验所需。于是他们又到处奔走，好不容易才得到了奥地利政府的支持，获赠了一吨矿渣，这才让他们松了一口气。

他们立刻把矿渣搬进了实验室里，以便从中提取出他们所要的镭。不过，这显然不是一件简单的事情。每次提炼的时候，居里夫人都要把二十多公斤的废矿渣放入冶炼锅加热熔化，然后就要不停地用一根粗大的铁棍搅动沸腾的材料，每次都要搅动好几个小时，但每次只能从中提取百万分之一的微量物质。

工作是这样辛苦，工作环境也是异常糟糕，他们的实验室四面透风，冬天的时候冷得像个冰窖，夏天又热得像个锅炉。下雨的时候，屋里到处都在漏雨，雨水打在他们的头上、身上……可即便如此，居里夫人也从来没有停止过工作，她和丈夫24小时守在这间实验室，不辞辛苦地忙碌着。一天，两天，一月，两月……直到四年后，他们处理完几十吨矿石残渣，经过了几万次的提炼，终于获得了0.1克的镭盐，并测得镭原子量为225（后来得到的精确数值为226），向世人证明了他们惊人的发现。

故事启发

居里夫人经过几万次反复的提炼实验，才得到了0.1克镭盐，这需要何等的毅力、何等的坚强？青春在这枯燥的一次又一次的提炼中渐渐消逝，而生命的价值却在这持之以恒的科学探索中熠熠生辉。当我们被居里夫人的故事打动的同时，更要注意追随她的脚步，在追求真理的道路上锲而不舍、奋勇向前，才能逐渐走向成功的彼岸。

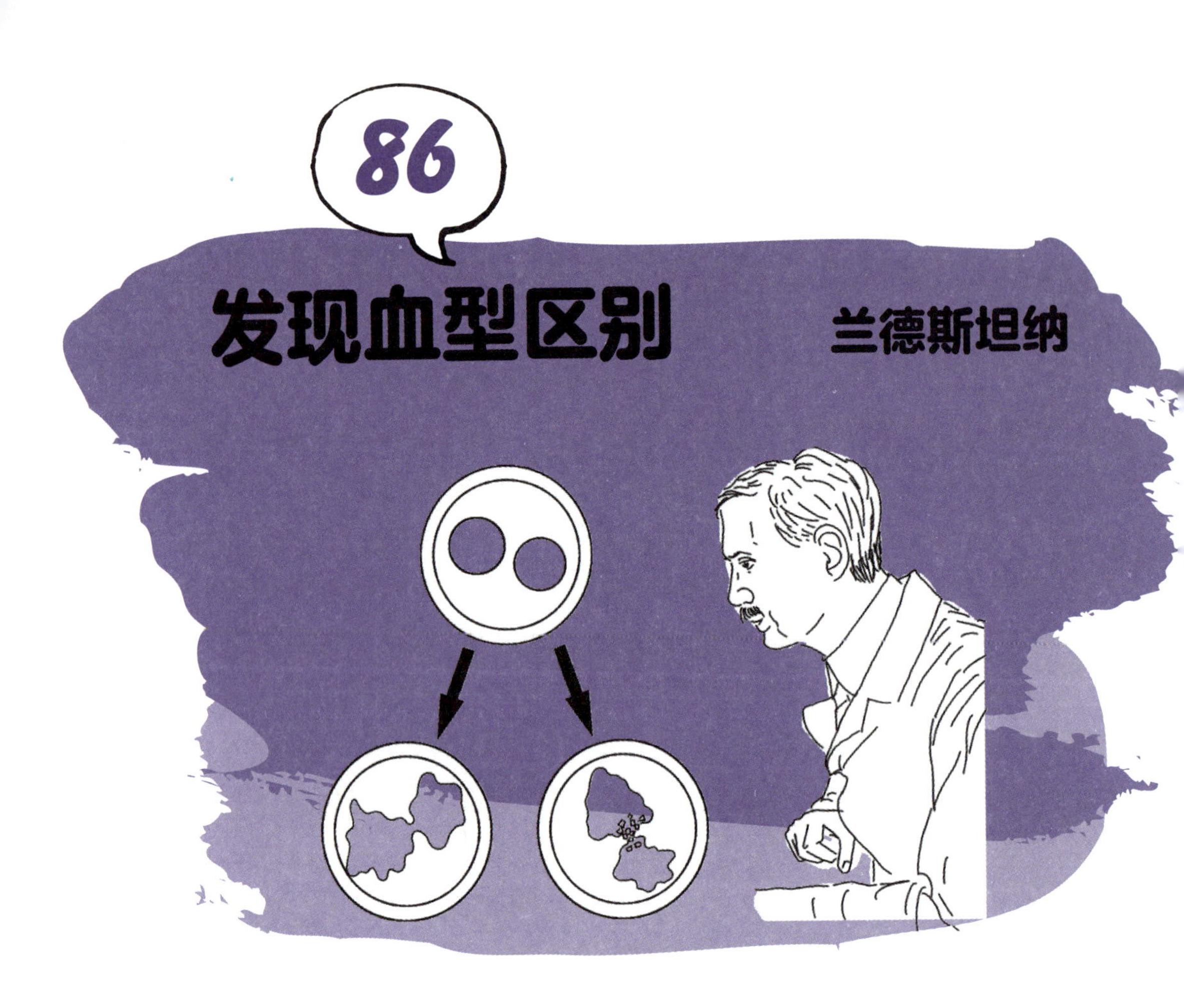

86 发现血型区别

兰德斯坦纳

卡尔·兰德斯坦纳（1868—1943），出生于奥地利首都维也纳。奥地利著名的医学家、生理学家。1900年，他发现了A、B、O血型，找到了以往输血失败的主要原因，为安全输血提供了理论指导；1927年，他又和美国免疫学家菲利普·列文共同发现了血液中的M、N、P因子，从而比较科学、完整地解释了某些多次输同型血发生的溶血反应和妇产科中新生儿溶血症问题；1930年，他获得了诺贝尔生理学或医学奖。

在17世纪80年代的英国，有一个年轻人因为失血过多生命垂危，一名医生在紧急情况下，突发奇想给病人输入了羊血，竟然奇迹般地挽救了这个年轻人的生命。这件事立刻引起医学界的广泛关注，不少医生在遇到相似情况的时候，纷纷效仿，结果却造成大量病人死亡。

到了19世纪80年代，北美洲有一位濒临死亡的孕妇急需输血治疗，一位医生大着胆子给她输入了人血，奇迹再一次降临了，孕妇竟然起死回生。医学界再一次掀起了输血的医疗热潮，不过这次由动物血换成了人的血液，却造成了更多病人的死亡。

兰德斯坦纳当时正在维也纳病理研究所工作，对于输血造成的事故也有所耳闻。他打算揭开其中的奥秘，可是查看大量资料后都没有收获。

于是，他又打算从实验中寻找真相。他找来了几名学生，取了一点他们的血液，然后将不同人的血液两两结合。不久之后，兰德斯坦纳发现这些两两结合的样本里，有的血液能够完全融合，有的却出现了凝结的现象。难道这就是影响输血成败的原因吗？

带着这样的疑问，他又再次做起了实验，他慢慢发现，人与人之间的血液并不是完全相同的，而是有些不为人知的差别，也就是说人类的血液是由血型分别的。

通过不懈的研究后，兰德斯坦纳把血型分成了A、B、O三种，他还指出，不同血型的血液混合在一起可能发生凝血、溶血现象，还会危及人的生命。至此，兰德斯坦纳终于发现了血型的秘密，也找到了以往输血失败的主要原因，他也因此问鼎诺贝尔奖，获得了世界性的荣誉。

故事启发

兰德斯坦纳在遇到无法解释的问题时，没有停留于思考，而是果断地开始行动，因为他知道实践是获取真知的必要途径。在实践的道路上，他善于想办法，并总结经验，得出规律，最终才能够揭开血型的奥秘。

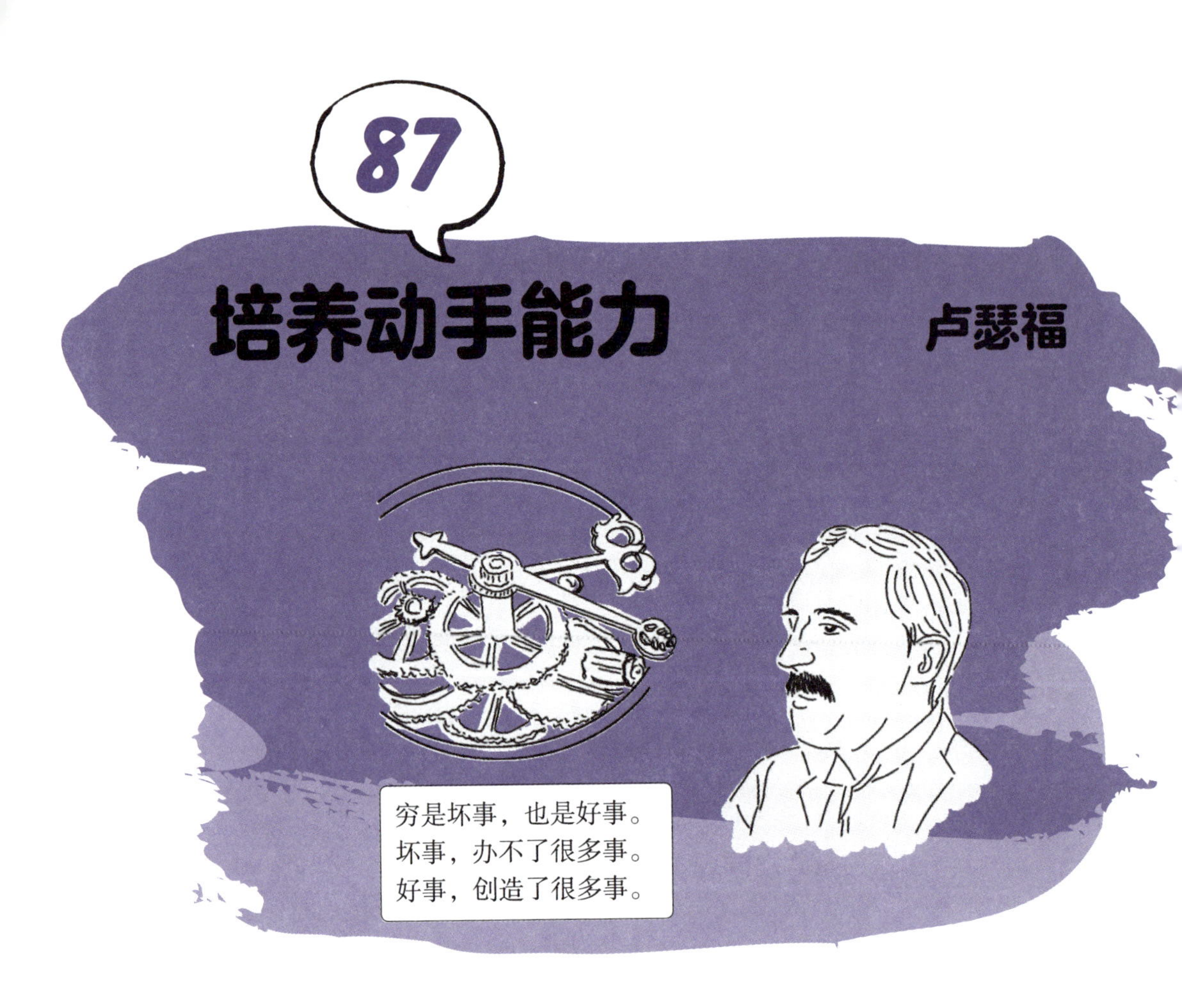

欧内斯特·卢瑟福（1871—1937），出生于新西兰纳尔逊。他是二十世纪最伟大的实验物理学家之一，还被称为“近代原子核物理学之父”。卢瑟福在放射性和原子结构等方面都作出了重大贡献。他的研究确定了放射性是发自原子内部的变化，从而打破了元素不会变化的传统观念，使人们对物质结构的研究进入到原子内部这一新层次，为开辟一个新的科学领域——原子物理学做了开创性的工作，而人工核反应的实现是他的另一项重大贡献。1931年，他受封为纳尔逊男爵，1937年10月19日他因病在剑桥逝世，与牛顿和法拉第并排安葬。

卢瑟福家中共有12个兄弟姐妹，全靠父母不停地辛苦劳作才能养家糊口。

卢瑟福的父亲是一个非常聪明且动手能力很强的人。他极富创造性，在开办亚麻厂时，他曾经尝试用几种不同的方法浸渍亚麻，还利用水力去驱动机器，并设计了一些提高工作效率的装置，都十分有效。

卢瑟福在父亲的影响下，从小就养成了勤于动手、乐于钻研的好习惯。卢瑟福家中有一块刚刚使用不到一年的钟表出了问题，总是停停走走，时间永远对不上，非常耽误事。家人都认为表坏了，不能再用。可是卢瑟福却觉得把表扔了很可惜，加上父亲总是教育他要多动脑、动手去研究，他就决定靠自己的努力把钟表修好。

于是，他试着把旧钟拆开，将里面的每一个零件都拿出来仔细研究，再重新安回原处、一一调整到位，接着他清理了钟表内累积的油泥、铁锈，还把钟表内外都擦得亮闪闪的。等他最终把钟表安装好后，竟然看到时针又开始规律地走动了，他特意拿出怀表对了对时间，发现钟表走得非常准。他高兴地把钟表拿给家人看，大家都夸他了不起，他也觉得非常自豪。

从那以后，他就养成了凡事都要亲自动手试试的好习惯。他甚至还用买来的几个透镜，七拼八凑地制成了一台照相机。别看这相机样子简陋，可是拍出的照片效果并不差。这更是让他爱上了科学研究，长大后，无论遇到什么样的科学问题，他都会努力思考，再去动手做实验，这样的好习惯让他能够在科学的道路上越走越远，并逐渐成长为一代著名的科学家。

故事启发

钟表坏了，本来可以扔掉再换新的，但卢瑟福却没有这么做，他把这样一件极其普通的小事，变成了培养动手、动脑以及创造能力的好机会。他从小就注意锻炼动手能力和创造能力，这为他日后从事科学研究做了良好的铺垫。他根据α粒子散射实验现象提出原子核式结构模型的实验，被评为“物理最美实验”之一。

爱因斯坦（1879—1955），出生于德国乌尔姆市。他是著名的犹太裔物理学家，同时还是现代物理学的先驱和奠基者，他曾提出了光子假设，成功地解释了光电效应，并获得了1921年度的诺贝尔物理学奖。他提出的“相对论”是物理学领域的一次重大的变革，深刻揭示了空间和时间的本质属性。美国《时代周刊》将爱因斯坦评为“世纪伟人”。他还被公认为是继伽利略、牛顿以来最伟大的物理学家。

爱因斯坦在科学上取得了伟大的成就，很多人都称赞他是个“天才”。可事实上，爱因斯坦并不是早慧的人，他小时候显得有些迟钝，到3岁还不会说话。父母担心他是哑巴，还带他到医院去检查过。后来他终于开口了，但讲话

很不流畅，这种情况一直到他九岁。

等他上小学以后，也丝毫没有表现出“神童”应有的潜质。在老师的眼里，他就是一个笨拙、木讷的孩子。但是，大家都没有注意到爱因斯坦对科学知识有着异乎常人的兴趣。有一次，爱因斯坦生了一场大病，不能下床，只能躺在床上养病。父亲见他无聊，就送给他一个小罗盘。爱因斯坦爱不释手地摆弄着罗盘，却发现那根指针总是指着一个方向，不管他怎么捣鼓，都不会发生改变。他认为一定有什么秘密藏在罗盘的背后。于是他缠着父亲和叔叔，连珠炮似的问出了一串关于罗盘的问题，最后终于弄明白了什么是磁。

从那以后，爱因斯坦对自然科学的兴趣更加浓厚了，他积极地观察着周围的各种自然现象，又不断地学习着科学知识。有时候，他为了想清楚一条定理，居然能连续几天坐在小书桌前苦苦思索。他依靠刻苦钻研的精神，掌握了很多深奥的数学、物理学知识。等到他上了中学以后，就渐渐显露出了自己的不凡之处，他的知识水平甚至超越了自己的老师，提出的问题常常能把各科老师问得张口结舌。

与此同时，爱因斯坦对很多问题也有了自己独特的看法。他曾经思考过这样的问题：如果一个人能够以光的速度运动，那他会在这个过程中看到什么样的景象呢？他会不会看不见前进的光，只能看到空间中震荡不休的电磁场呢？当时的他做了很多设想，都没有找到答案。其实，在这个听上去有些古怪的问题中，已经埋藏着相对论的最初的萌芽了。也正是因为他乐于进行这样的思考，才能在16岁的时候就发表科学论文《关于磁场中以太状态的研究》，之后他又在26岁时提出了举世闻名的“相对论”，开创了物理学的新纪元。

故事启发

作为一个没有什么天赋的人，爱因斯坦靠着勤于思考、勇于钻研的精神，取得了巨大的突破。读过他的故事，我们不应当再为自己没有所谓的天赋而自暴自弃。人生就像是一场比赛，我们虽然无法保证让自己在天赋的加持下赢在起跑线上，但却能够通过努力拼搏让自己成为最终的获胜者。

89 发现核裂变

哈恩

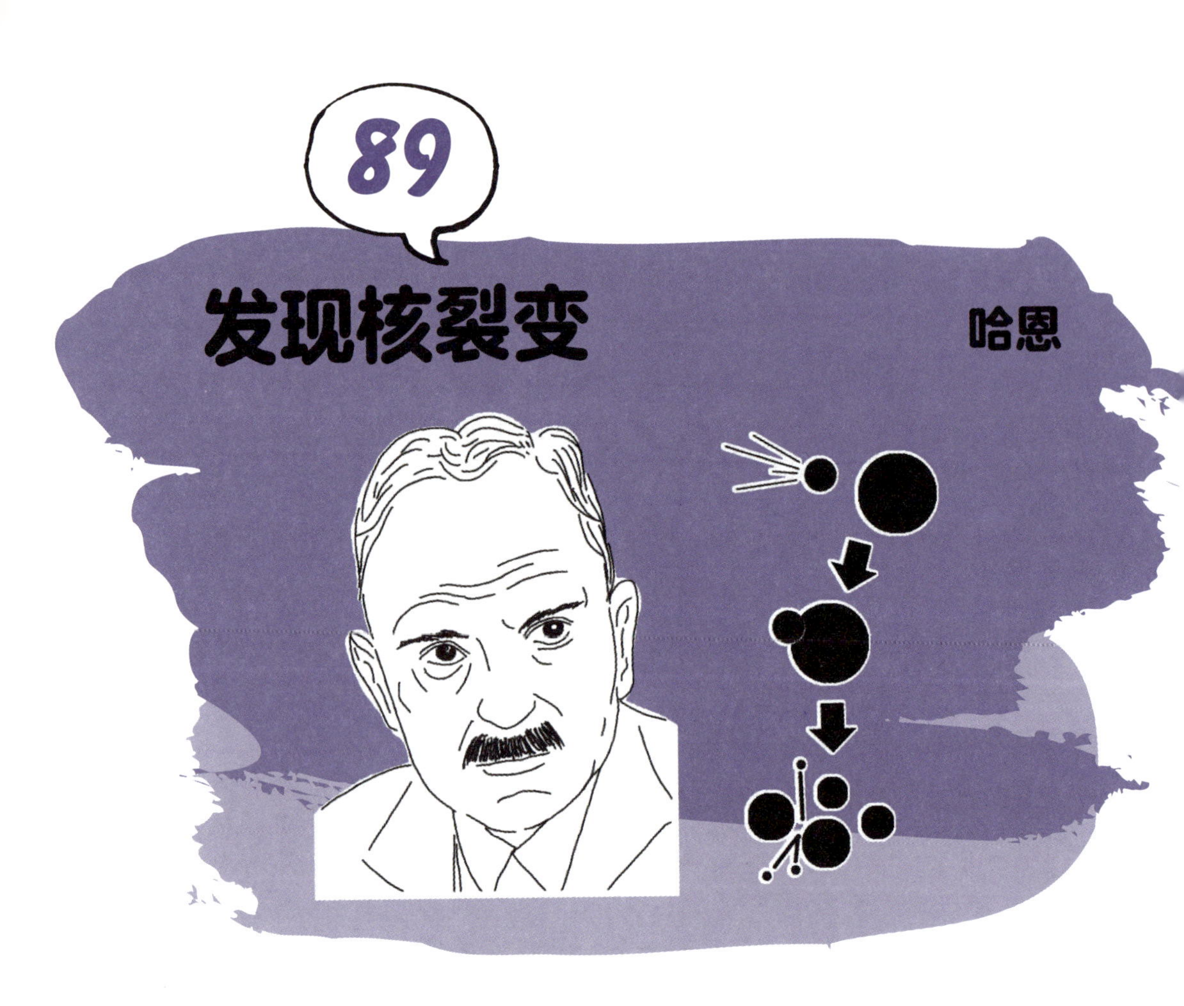

奥托·哈恩（1879—1968），出生于德国法兰克福。他是德国放射化学家、物理学家，最重大的发现是“重核裂变反应”。1904年，哈恩从镭盐中分离出了一种新的放射性物质射钍。之后又发现了射锕、新钍1、新钍2、铀Z、镤和一些被称为放射性淀质的核素，为阐明天然放射系各核素间的关系起了重要作用。他的主要著作有《应用放射化学》和《新原子》等。

20世纪30年代，随着正电子、中子、重氢相继被发现，放射化学被迅速推进到一个新的阶段。许多科学家都将研究的视角转向了如何使用人工方法实现核嬗变。而此时哈恩的研究重点则是如何将放射化学方法应用于各种化学问题。

1934年，居里夫妇发现人工放射性，随后费米宣布发现了“铀后元素”（即超铀元素）。这些都为进一步研究有关核嬗变的问题提供了新的思路。哈恩也和他最为得力的工作伙伴迈特纳开始研究中子轰击铀的各种产物的物理和化学性质。

就在他们的实验进行得如火如荼的时候，第二次世界大战爆发了，因为迈特纳是犹太人，所以受到了纳粹分子的迫害，不得不从柏林逃到瑞典斯德哥尔摩避难。此后，为了更好地完成实验，哈恩又找到了另外一位合作伙伴，德国物理学家弗里茨·斯特拉斯曼，这对新的搭档从此开始了新的尝试和探索。

1937年，哈恩听说有人用中子辐射钠盐时，产生了一种放射性元素，但无法确定它的原子序数。最初，哈恩认为这种情况肯定是实验失误，但是他又不甘心就这样错过这个消息，于是他决定和斯特拉斯曼做一次同样的实验，但一定要确保程序标准，不能有一点疏漏。

1938年，他们经过了充分的准备后，开始尝试用一种慢中子来轰击铀核时，结果发现了一种异乎寻常的情况：这个实验的反应不仅迅速强烈、释放出很高的能量，而且铀核还分裂成为一些原子序数小得多的、更轻的物质成分。

这是怎么回事呢？哈恩不认为这是实验失误了，而是立刻想到这一不同寻常的现象绝对不是放射性嬗变这么简单。随后，他又进行了大量的实验与研究，终于肯定了这种反应就是核裂变。

故事启发

失误的结果大多是负面的，所以遇到了科研失误问题，很少有人有足够的耐心重复验证，但哈恩却没有放过这个“失误”，作为一名伟大的科学家，他有一种高度的责任感，生怕因为自己的疏忽而错过了宝贵的线索。所以他以非常认真的态度去对待失误，从中吸收营养，获得启发，最终才能收获成功。

90 创立“大陆漂移学说”

魏格纳

阿尔弗雷德·魏格纳（1880—1930），生于德国柏林。他是德国地球物理学家、气象学家。他曾数次加入探险队，去格陵兰从事气象和冰川调查。1912年，他提出了关于地壳运动和大洋大洲分布的假说——大陆漂移说，并因此而闻名于世。

1910年的一天，魏格纳由于身体不适，正躺在病床休息。他将目光投向了对面的墙壁，看到了挂在墙上的一幅世界地图。突然间，他被地图上奇形怪状的陆地地形和曲折迂回的海岸线吸引了，他发现大西洋两岸的轮廓竟是如此对应，一边像是多了一块，一边像是少了一块，仿佛是被人为撕成了两半一样。尤其是巴西东端的直角突出部分与非洲西岸凹入大陆的几内亚湾特别吻合。再往南端看，巴西海岸的每一个突出部分也恰好与非洲西岸相对应。

魏格纳的脑海里突然闪过了一个念头：这绝对不是偶然的巧合，非洲大陆与南美洲大陆是不是曾经贴合在一起呢？换句话说，从前它们之间并没有大西洋，是由于地球自转的分力才使原始大陆发生了分裂，并不断漂移，才形成了现在的海陆分布情况？

这个偶然的发现让魏格纳感到非常兴奋。等他的身体康复之后，就到处搜集资料，还进一步丰富了自己的设想，他对自己说："假如现在被大西洋隔开的大陆原来是一整块的话，那么，形成大陆的地层、山脉等地理特征也应该是相近的，隔在两岸的动物、植物也应有一定的亲缘关系，它们在性状上会有很多相似之处……"

此后，魏格纳深入大西洋两岸进行实地考察，发现有一种蜗牛既生活在北美洲的大西洋沿岸，也生活在欧洲大陆。他认为爬行速度缓慢的蜗牛不可能远涉重洋，传播到遥远的大陆对岸，由此可见，它们必定起源于同一个地区。后来，他又陆续发现了具有相似性的植物化石、动物化石等有利的证据，种种迹象表明，两岸的大陆原来是连在一起的整块！

1915年，魏格纳写成了《海陆的起源》一书。他在书中指出：在3亿年前的古生代后期，全球只有一块广袤的大陆，称为"泛大陆"，泛大陆周围是广阔的"泛大洋"。大约在2亿年前，由于地壳运动，泛大陆开始逐渐分裂、漂移，成为几块大陆和许多岛屿，它们又把泛大洋分割为现在的四大洋。

当时，魏格纳的学说并不被人们所认可，但随着时间的推移，这种学说的正确性得到了证明。大陆漂移假说的提出，也为地质学的发展开辟了新的领域，因此被人们称为"20世纪地球科学的重大革命"。

故事启发

魏格纳提出的大陆漂移学说，与当时的主流观点相比，颇有些离经叛道。但魏格纳并不害怕来自各方面的攻击，他能够冷静地寻找证据佐证自己的观点，这既需要非凡的勇气，也需要足够的自信。在生活中，如果我们的观点遭到了质疑、受到了嘲笑，该如何去面对呢？魏格纳已经为我们做出了最好的示范。

亚历山大·弗莱明（1881—1955），出生于苏格兰洛克菲尔德。他是英国生物化学家、微生物学家，也是青霉素的发现者。1922年他发现了一种叫“溶菌酶”的物质；1928年，他首先发现了青霉素；1929年他发表了《关于霉菌培养的杀菌作用》的研究论文，指出青霉素有重要的用途，这个预言在1944年后成为了事实；1945年，弗莱明和提纯青霉素的弗洛里等人共同获得了诺贝尔生理学或医学奖。

1921年的一天，得了重感冒的弗莱明仍在坚持工作。突然间，他发现自己的培养基中竟然发生了溶菌现象。觉得奇怪的弗莱明仔细查找了原因后才发现，原来是他之前打了个喷嚏，鼻涕污染了培养基，才导致了这种情况。弗莱明立刻进行了深入的研究，发现在人的体液中存在一种天然的溶菌酶，会对细菌起到抑制作用。1922年，弗莱明发表论文宣布溶菌酶被正式发现。不过，当时的弗莱明并没有特别重视这种溶菌酶，这也导致他和青霉素失之交臂。

1928年7月下旬，弗莱明因为急着去度假，就把实验室里众多没有清洗的培养基全都摞到了一起。度假归来后，弗莱明刚要走进实验室，他的一个助手就跑过来向他请教一些问题。就在两人聊天的时候，弗莱明随手拿起了度假前放着的培养基，想要以此为例，给助手解答问题。可就在这时，他看到培养基的边缘竟然出现了一块因溶菌而显露出来的惨白色。这样的变化让他觉得非常有趣，他又联想到之前发现溶菌酶的事情，觉得这两件事之间一定有所关联。

于是，弗莱明立刻对培养基进行进一步的观察，最终，他发现了能够抑制葡萄球菌生长的青霉素。不过由于技术所限，他还不能将青霉素提纯，但他坚信这种霉菌能派上大用场。

后来，弗莱明把菌种提供给澳大利亚病理学家弗洛里和生物化学家钱恩，这两位科学家想出了提纯青霉素的好办法，又通过实验证实青霉素对链球菌、白喉杆菌等多种细菌感染都有疗效。从此，人类的医疗史翻开了新的篇章，很多之前无法治疗的感染性疾病都得到了控制，青霉素挽救了无数生命。弗莱明也获得了诸多荣誉，人们会永远记住这位伟大的医学家。

故事启发

在1921年，弗莱明就已经与青霉素有了近距离接触，可由于他当时缺乏足够的洞察力，才与青霉素失之交臂。幸好在1928年他又迎来了一次宝贵的机会，这一次他展现出了细致入微的洞察力，敏感地发现了青霉素的价值，而这也为他带来了巨大的成功。这个故事让我们认识到了洞察力的可贵，这种能力与观察力不同，不仅要观察到表面现象，还要深入其本质，做出精确的判断。拥有了洞察力，看问题才会入木三分，不容易被表象迷惑，才能大大提升分析问题、解决问题的能力。

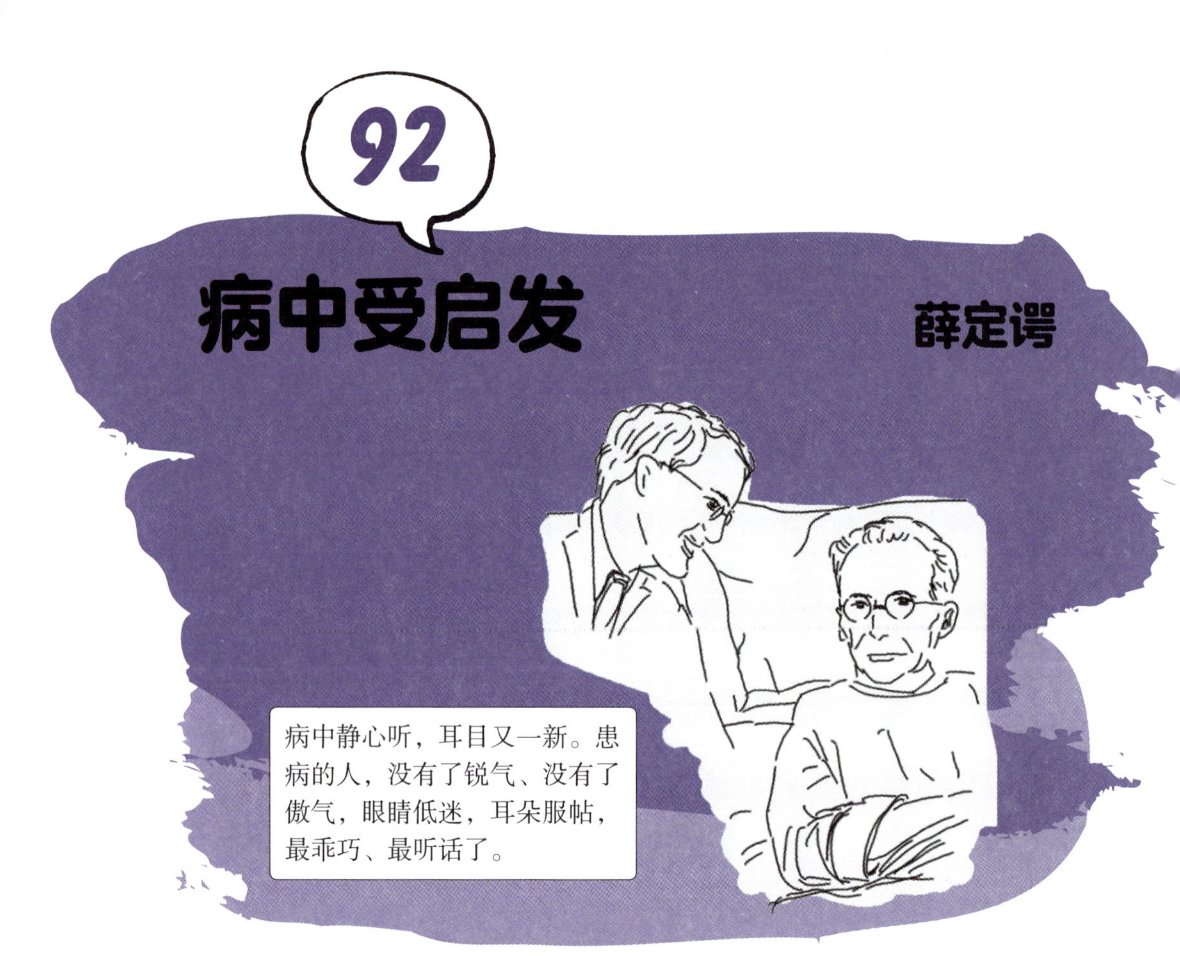

埃尔温·薛定谔（1887—1961），出生于奥地利埃德伯格。他是奥地利物理学家，也是概率波动力学的创始人。他于1926年提出的薛定谔方程，至今仍被认为是绝对的标准，为量子力学奠定了坚实的基础；他提出过“薛定谔的猫”的思想实验，试图证明量子力学在宏观条件下的不完备性；他还发展了分子生物学，用物理的语言来描述生物学中的课题。另外，他还是观点独到的哲学家，他撰写的《生命是什么》一书中提出了负熵的概念。

薛定谔同著名丹麦物理学家玻尔是非常要好的朋友，但是，两人在学术观点上却有很大的分歧，两人各持己见，谁也说服不了谁。玻尔是量子力学中哥本哈根学派的创始人，他坚信非连续性量子的存在；薛定谔则持完全不同的意见，他一直确信物理过程的连续性。他们经常为此进行激烈的争辩。

1926年，玻尔邀请薛定谔到哥本哈根讲学，同时也想和薛定谔就量子力学的解释问题交换意见。没想到，二人在哥本哈根的车站见面后，就开始争辩。在之后的日子里，这两位同样伟大的科学家每天辩论不休，经常从清晨一直辩论到深夜。

在数日的激烈争辩之后，薛定谔突然病倒了，不得不在玻尔家卧床休息。玻尔夫妇给了薛定谔最好的照顾，玻尔的妻子亲自给他端茶送水，而玻尔只要有空就会陪坐在他床边，给他讲一些有趣的事情。

薛定谔慢慢地发现，玻尔平时是最为和蔼可亲的，能够顾及别人的感受，可是每次一开始争辩科学问题，玻尔的态度就会变得非常激进，不肯做出一点妥协。

在此之前，薛定谔对玻尔这种做法非常不满，有的时候还没听完玻尔说话就要开口打断。可是现在他理解了玻尔，知道玻尔并不是心胸狭隘，而是和自己一样一遇到科学问题就会变得特别严谨认真。

没过几天，薛定谔的病好了，他和玻尔又开始了新一轮的辩论，不过当玻尔认真地对他说“你必须理解……”的时候，薛定谔破天荒地没有立刻反驳，而是陷入了理性的思考。此后，他的观点也发生了一些变化，开始批判性地接受哥本哈根学派的观点了。

故事启发

生病之前的薛定谔对玻尔的观点持完全不同的意见，为此常常与他发生激烈辩论。但是在病中得到玻尔的照料后，他才了解到玻尔真正的为人，也学会了“对事不对人”的处世态度。之后薛定谔开始放下成见，以宽容的心去接受对方的意见，这样才能听到不同的见解，也会让自己的科学研究之路越走越宽。

爱德温·鲍威尔·哈勃（1889—1953），出生于美国密苏里州韦伯斯特郡。他是美国著名天文学家，也是天文学史上最伟大的人物之一，堪称20世纪科学的杰出代表。他证明了在人们所处的银河系以外还存在河外星系，并证明宇宙处于不断的膨胀之中，从而有力地推动了现代宇宙学的发展。为了纪念他的贡献，美国国家航空航天局（NASA）用他的名字来命名空间望远镜，即“哈勃空间望远镜”。此外，小行星2069和月球上的一座环形山也是以他的名字来命名的。

哈勃从小就对宇宙充满了强烈的好奇心，他决心研究天文学。可他的父亲希望他成为一名律师，他想尽办法说服了父亲，终于得偿心愿，成为了芝加哥

大学叶凯士天文台的一名研究生，可以一心一意地研究天文学了。可惜没过多久，第一次世界大战爆发了，哈勃不得不中断了天文之路，参加了美军，被派到法国服役。

战争结束后，已经30岁的哈勃回到美国，在加利福尼亚州南部的威尔逊山天文台获得了一份工作。能够重回天文学的怀抱，哈勃感到十分开心，他对这份工作非常重视，几乎每天晚上都会到威尔逊山观察天象。

当时的天文学界有一个没有人能够解答的问题，即：什么是星云？有些天文学家认为星云是银河系的一部分，也有的天文学家认为星云是离我们很遥远的宇宙岛。但是，哈勃在威尔逊观察天象的时候，却有了自己的发现，他认为“那些来自星云的光的确来自星云附近的恒星。星云是原子云和尘埃云，不像恒星那么热，但会发光”。他还想进行更加深入的探究，可当时他使用的是一台镜片直径为1.52米的望远镜，精确度有限，无法帮助他观察到一些至关重要的细节。

为了能够看得更清楚，了解得更详细，哈勃开始使用一种镜片更大、功能更强的望远镜来观察天空。这种望远镜镜片直径达2.5米，其强大的聚光能力和分辨能力为哈勃做出历史性的发现提供了必要的条件。在这个望远镜的帮助下，哈勃研究了银河系内的天体，对星云有了重大发现，并确定了河外星系的存在，从而揭开了人类探索大宇宙的新的一页。

故事启发

宇宙是无限的，在茫茫宇宙中，除了银河系外，还有很多其他的星系。哈勃用自己的研究证明了这个真相，也让人类认识到科学的发展是没有边界的。所以，我们不应当满足于现有的知识和研究成果，应当永远保持好奇心和发现精神，去勇敢地探索未知的领域，思考未解的谜题，才能不断推动科学的进步、人类的进步。

恩利克·费米（1901—1954），生于意大利罗马，后加入美国籍，成为著名的美籍意大利物理学家。1934年，他用中子轰击原子核产生人工放射现象，并开始了中子物理学研究，还被誉为“中子物理学之父”。1938年，他荣获了诺贝尔物理学奖。1942年，他指导设计和制造出人类第一台可控核反应堆“芝加哥一号堆”，使人类迈入了原子能时代，他也被称为“原子能之父”。第100号化学元素镄、美国伊利诺伊州著名的费米实验室等都是为纪念他而命名的，美国原子能委员会为了纪念他对核物理学的贡献，设立了费米奖金，还在1954年将首次奖金授予了他本人。

费米小时候经常和小伙伴们一起玩陀螺。有一次，在陀螺不断旋转的过程中，他突然发现了一个十分有趣的现象：当陀螺飞快转动时，它的轴是竖直向上的，陀螺的顶部看起来也只是一个很小的点；但是当它旋转的速度逐渐慢下来的时候，它的轴就会变得歪斜起来，与地面形成了一个明显的夹角，这时候再去看陀螺的顶部，就能看到一个很大的圆形。

小伙伴们都对这种情况视若无睹，可是小费米却觉得这很不一般，他十分想知道这种现象背后的原因是什么。但当他询问身边的很多朋友后，竟发现没有一个人能够告诉他确切的答案。

费米并未因此放弃，他来到了图书馆，一头扎到书籍中，想要从中找寻这方面的知识。然而，他把小学生能读的书翻了很多遍，却还是一无所获。费米不甘心，又去翻阅高年级的课本，其中很多知识都是他没有学过的，他花费了很多力气，才能把书读懂。最终，他找到了两条可以解答“陀螺之谜”的物理定律，弄清了问题的真相。这下他才安下心来，可以放心地学习其他知识了。

故事启发

伟人之所以伟大，是因为他有着常人不具有的习惯。就拿费米来说，他的习惯就是对遇到的问题追根究底，不找到准确的答案决不放弃，而这正是从事科研的人才必不可少的好习惯，它能大大提升人的独立思考能力和创造能力。所以当我们遇到问题的时候，也要像费米一样积极地去探索，这会让我们在有所发现的时候获得一种无与伦比的自豪感和满足感。

沃纳·卡尔·海森堡（1901—1976），出生于德国维尔茨堡，他是德国著名物理学家，也是量子力学的奠基人之一，还是“哥本哈根学派”的代表人物。他于1925年创立了矩阵力学，并提出测不准原理（不确定性原理）及矩阵理论。1932年，他获得了诺贝尔物理学奖，之后还完成了核反应堆理论。他的《量子论的物理学基础》也是量子力学领域的一部经典著作。这些巨大的成就使他成为了20世纪最重要的理论物理和原子物理学家。

粒子是最小的物质组成，因为它是以自由状态存在的，也就是说粒子无时无刻都处在运动当中。于是，人们普遍认为只要能测量出粒子所处的位置和它的速度，那么历史的未来和过去都能够计算出来。不过，海森堡却否认了这个观点。

当时的海森堡只有20多岁，却敢于怀疑那些物理学大师的理论，他认为在研究微观世界的粒子时，应当摆脱经典物理学概念的束缚，不要想当然地套用那些宏观世界的概念，比如电子就没有完全确定的运动轨道，这就和宏观世界的物体运动情况不同。海森堡把他的观点公开发布后，立刻引起了科学界的轩然大波，很多科学家都持反对意见，就连科学泰斗爱因斯坦都质问他："我们在云雾室和仪器里明明可以看到电子的轨道，你为什么要忽视它呢？"

对于这个疑问，海森堡最初也无法给出确切的答案，他就把问题装进心里，每时每刻都在思考着。直到一年后的某个晚上，海森堡在安静的小路上散步时，忽然看到了一颗流星闪着光划过夜空，他立刻想到了这样的事实：人们观察到的并不是电子真正的运动轨道，而是一系列电子运动形成的水滴形状。所以人们不可能在同一时刻准确地测量到电子运动的位置和速度，要么只能确定位置，而速度无法准确测得；要么只能确定速度，而位置不能准确测得，而且其中一个量确定得越准确，另一个量就越不准确。

回到家后，海森堡把自己的想法整理清楚，提出了"测不准原理"，这条原理一定程度上说明了科学测量存在的局限性，它的提出具有巨大而深远的意义，正因为它的出现，人们才终于明白无论测量仪器如何改进，也不可能克服实际存在的误差。虽然测不准原理最初遭到了大批物理学家的反对，但在日后的科学实践中，这一原理被越来越多的科学家接受和认可，也推动了科学研究的进步和发展。

故事启发

承认误差的存在，推出测不准原理，这也是一种尊重事实的态度。科学的同名词恰恰就是"实事求是"，它要求我们既不能夸大事实，也不能缩小事实，更不能弄虚作假。海森堡就是从实事求是的原则出发，才发现了"测不准"的真相，这固然会引起墨守成规者的反对，但却将人类的认识水平向前推进了一大步，因而是值得载入史册的。

莱纳斯・卡尔・鲍林（1901—1994），出生于美国俄勒冈州波特兰市。他是美国著名化学家，曾被英国《新科学家》周刊评为人类有史以来20位最杰出的科学家之一。他一生中荣获过两次诺贝尔奖，参与和经历了20世纪科学史上许多重大的科学发现。他首次全面描述化学键的本质；发现了蛋白质的结构；揭示镰刀状细胞贫血症的病因；参与了揭示DNA结构的研究；还推进了X射线结晶学、电子衍射学、量子力学、生物化学、分子精神病学、核物理学、麻醉学、免疫学、营养学等学科的发展。

鲍林小的时候，家境很不好，母亲生病，常年卧床，父亲又要工作，家里没人照顾他，父亲只好带着他上班。年幼的他绝大多数时间都是在父亲的工作室里度过的。

鲍林的父亲是一名药剂师，负责给病人配药。每当父亲工作的时候，鲍林就会在一边仔细观察。他看见父亲从一个小盒子里取出了一定量的粉末，再和其他盒子里取出来的粉末调配到一起后，就变成了另外一堆和原来完全不同的东西。他看着这些颜色、味道各异的药粉和药膏，感觉特别有意思。

鲍林11岁的时候，在一个偶然的机缘下，认识了一位教授捷夫列斯。捷夫列斯有一间私人实验室，他邀请鲍林来实验室学习，还给他展示了一些化学实验，这下子，鲍林发现了比看父亲配药更有意思的事情。

在一次实验中，捷夫列斯把两样不知名的白色液体同时倒进一根试管里，然后再将试管放回到架子上。鲍林一直紧盯着他的每一个动作，过了一会儿，鲍林突然发现试管里的白色液体开始有了变化：原本清澈的试管里，出现了一些棉絮状的东西。这样的发现让他觉得非常兴奋，从这以后，鲍林的“游戏”场所就从父亲的配药室转移到了捷夫列斯的实验室里。

通过观察捷夫列斯做实验，鲍林开始对化学产生了浓厚的兴趣，并最终促使他走上了研究化学的道路。

故事启发

鲍林把化学实验当成是有趣的游戏，玩得乐此不疲，这种对化学的喜爱给他带来了无穷的乐趣。在研究化学知识的时候，他不会感觉无聊和疲惫，因为这是他最喜欢的事情。我们也应当努力去寻找自己的科学爱好，这会让我们在钻研知识时表现出更多的主动性和积极性。而科学有很多门类，我们不要因为对某一个领域不感兴趣就认为自己不具备研究科学的能力，要尽量多尝试一些领域，就能发现自己的科学爱好所在，也就更能感受到科学的乐趣和魅力了。

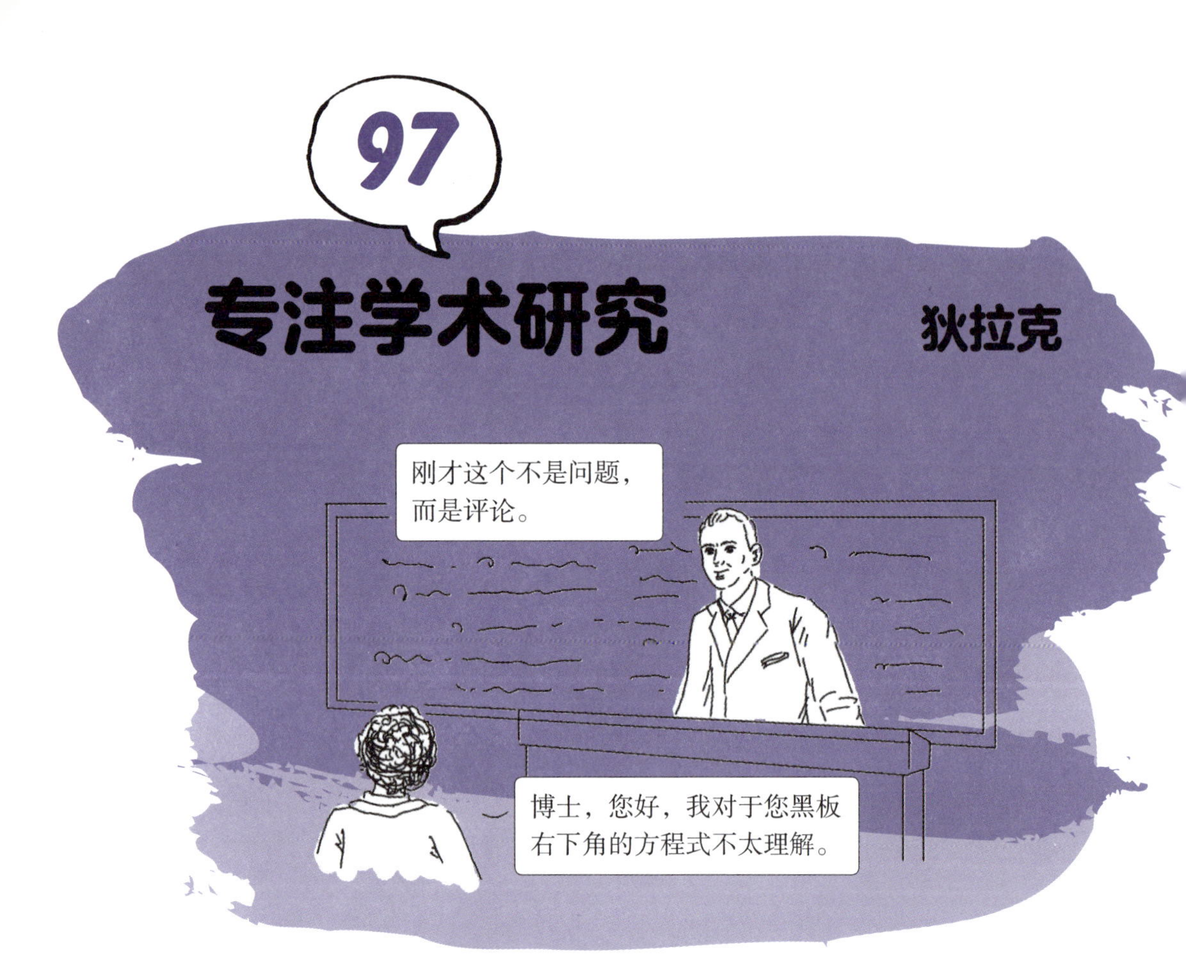

保罗·狄拉克（1902—1984），出生于英格兰西南部的布里斯托。他是英国理论物理学家，量子力学的奠基者之一。1925年，他开始研究量子力学，次年发表题为《量子力学》的论文，并获得剑桥大学物理学博士学位。1928年，他把相对论引进了量子力学，提出了著名的狄拉克方程。1933年，他因创立了有效的、新形式的原子理论而获得了诺贝尔物理学奖。

狄拉克是一个非常重视学术研究的人，他在科学方面追求精益求精，不能接受任何的错漏。而他对物质生活却几乎没有要求，他既不抽烟，也不喝酒，不贪图享乐，仅仅喜欢散步和游泳，偶尔才会和朋友去电影院看一场电影。

他在学术方面取得了巨大的成功，但是他没有骄傲自满，对名利更是看得很淡。1933年，当他得知自己获得了诺贝尔奖的时候，曾经对朋友抱怨说：“我不想出名，我害怕麻烦，真想拒绝这个荣誉。”他的朋友很理解他的心情，劝说他道：“我知道你只想专心从事科研工作，可是，如果你真拒绝诺贝尔奖的话，你只会更加出名，到时候来‘麻烦’你的人会更多，你就别想集中精力工作了。”听了朋友的话，他才打消了拒绝领奖的念头。这件事传开后，大家更加敬仰他的为人了，著名的物理学家玻尔就这样赞叹道：“在所有的物理学家中，狄拉克有最纯洁的灵魂。”

狄拉克不光淡泊名利，还非常谦虚。尽管他在科学上屡屡有所斩获，但当别人问起这些成就的时候，他却总是谦虚地说：“这没有什么。”因为他实在是太低调了，和他一起工作的同事竟然都不知道他建立了相对论量子方程。

有一次，他去参加一个学术会议，在接受提问的环节，有一位听众问他：“博士，您好，我对于您黑板右上角的方程式不太理解。”狄拉克听到后，什么也没有说。大家都以为他是生气了。过了许久，才有人小声地重复了一遍这个问题，希望他能够解答。他却低着头不好意思地说：“刚才那个不是问题，而是评论。”大家这才恍然大悟，原来狄拉克以为自己没有把问题表述清楚，才让听众感到费解，所以他正在思考该如何进行改进呢。他就是这么谦虚和严谨，总是觉得自己做得还不够，可在人们的心中，他却是一个无论学术还是人格都堪称伟大的科学家。

故事启发

狄拉克受到了人们的尊敬，不仅因为他是学术名人，更是因为他具有谦虚谨慎的美德。他永远都不会自满，总觉得自己在学术方面还有很多不足之处，还需要加倍努力。他把自己所有的精力都放在了科学研究上，却把名利、享乐视为浮云。正是因为这样，他才能如此专心地、甚至可以说是虔诚地对待自己的研究，他一门心思地专注于物理学，这才有了日后足以名垂青史的伟大成就。

98 发明晶体管

巴丁

约翰·巴丁（1908—1991），出生于美国威斯康星州麦迪逊城。他是美国著名的物理学家，因晶体管效应和超导的BCS理论两次获得诺贝尔物理学奖。1947年，巴丁和同事共同发明第一个半导体三极管，这为他在1956年赢得了第一个诺贝尔物理学奖。1957年，巴丁和库珀、施里弗共同创立了BCS理论，对超导电性做出了合理的解释，三人也因此获得1972年诺贝尔物理学奖。

1945年，巴丁通过朋友的介绍来到了贝尔实验室，在这里他认识了一生的挚友布拉顿。布拉顿是一个诚实正直又不失外向活泼的人，他很欣赏巴丁的谦虚、智慧和独特的涵养。很快，这两位相互欣赏的科学家就成为了好朋友。

当时，他们和另一位物理学家肖克利共同组成了一个研究小组，由肖克利担任组长。肖克利是一位聪明且极有天分的物理学家，但是为人傲慢、专横，很难相处。幸好巴丁很擅长调解小组内的矛盾，才让三个人能够合作无间，并可以不断碰撞出智慧的火花。

1947年11月的一天，巴丁正在做实验，一不小心，仪器里进了水。为了保证实验的准确性，巴丁连忙开始清洗仪器，打算重新做一遍刚才的实验。

就在清洗仪器的时候，他忽然发现如果将仪器浸泡在电解液中，就会观察到更强的光电效应。巴丁立刻把自己观察到的这个现象和小组里的其他两位成员分享，布拉顿和肖克利听到后，也感到很兴奋，他们相信这将是一个研究上的突破口。

此后，他们三人继续尝试各种材料和结构，经过多次实验后，双极晶体管的器件诞生了。这本来是一件喜事，可是心胸狭隘的肖克利却觉得很不高兴，因为他没有被列为专利发明家。为了突出自己的成绩，同时保证自己在这项科研成果上的领先地位，他背着巴丁和布拉顿，独自设计出了结型晶体管。之后他还频频排挤巴丁，把他踢出了研究小组。对于这些不公平的待遇，温和的巴丁并没有多说什么，他主动选择离开贝尔实验室，到伊利诺伊大学任教。在那里，巴丁重拾过去一直钟情的超导理论研究，又开辟出了一片新的科研天地。

故事启发

巴丁不但是出色的科学家，还是生活的智者，他为人低调、谦逊，拥有良好的人际关系。在研究晶体管的过程中，虽然同事傲慢跋扈，但巴丁并不计较，他把自己全部的精力投入到科学研究工作中，不会为鸡毛蒜皮的小事浪费时间，这种处世作风让他能够获得更多的成就，也为他赢得了人们的尊敬。当同事排挤他的时候，他潇洒地转身离去，很快就找到了可供自己发挥才华的新天地，并赢得了人生中第二个诺贝尔奖，他的经历正好验证了那句老话："是金子，到哪里都会发光"。

韦纳·冯·布劳恩（1912—1977），出生于德国维尔西茨（今波兰维日斯克）。他本是德国著名的火箭专家，后加入美国籍，继续从事火箭、导弹和航天研究。1934年他研制了A-2火箭，并试射成功。1937年他开始领导设计V-2火箭，并于1942年首次发射成功。之后他还参与了美国首颗卫星“探险家一号”计划和阿波罗登月计划。由于他在航天事业方面成就显著，因此被后人尊称为“现代航天之父”。

布劳恩从小就对浩瀚的宇宙苍穹充满了向往，喜欢钻研一切与火箭、导弹、航天飞行有关的知识。

一天，13岁的布劳恩在玩烟火时注意到了一个现象：烟火点燃后总是能以很快的速度向上冲出去。他想：如果将烟火绑在其他物体上，是否也能将这些物体带着飞起来呢？如果使用足够多的烟火，能不能让物体飞得很高很高，直到冲出太空呢？为了找到这些问题的答案，布劳恩决定亲自试一试。

傍晚，当街道上的行人变得越来越稀少的时候，布劳恩带着他的实验品来到了柏林使馆区内的蒂尔加滕街。他将6支特大号的烟火绑在了自己的滑板车上，然后把引线结在了一起，再用火柴点燃引线。只听一阵巨响，烟火四处迸发，产生了巨大的推力，使得滑板车失控一般疯狂地飞了出去，站在滑板车上的布劳恩则被重重地摔在地上。听到巨大的爆炸声后，在附近巡逻的警察立即赶到了现场。警察非常生气，认为布劳恩是个喜欢恶作剧的少年，还将他带到了警察局问话。

后来还是父亲赶到警察局解释了一番，才将布劳恩带回了家。当晚，父亲狠狠地训斥了布劳恩，又把他关在书房里，让他好好反思自己的过错。可布劳恩根本就没有觉得自己有错，他还在思考这次实验，苦苦思索着实验失败的原因。趁着父亲不在，他在书房里翻找起来，很快就找到了一本赫尔曼·奥伯特（欧洲火箭之父、德国火箭专家）写的名为《飞往星际空间的火箭》的书，对其中所描写的航天知识深深着迷。

1930年，布劳恩进入了柏林大学，成为了奥伯特的学生，向他请教航天知识，并协助他从事火箭发动机试验，这些经历为他之后能够成为伟大的火箭专家奠定了必要的基础。

故事启发

布劳恩从小就有崇高理想，他为之不停地努力奋斗，最终取得了伟大的成就。对于成功来说，理想和努力都是非常重要的，只有理想却不去奋斗，理想就会变成空想；可要是没有理想，再努力也会找不到前进的方向，所以我们要像布劳恩这样，认定了自己的理想就要努力向前、奋斗不息，用拼搏来成就自己的未来。

发现“蝴蝶效应” 洛伦兹

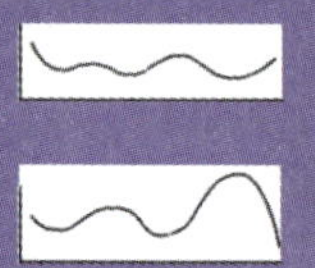

虽然看起来输入的数字只是微乎其微的变化，但是就是这一点点的误会却会以指数形式增长。

爱德华·洛伦兹（1917—2008），出生于美国康涅狄格州。他是美国气象学家，他曾利用有效位能概念讨论了大气环流维持的机理；并首次从确定的方程（后被称为“洛伦茨方程”）中计算模拟出非周期现象，还获得了美国气象学会迈辛格奖。另外他还获得过美国气象学会罗斯比研究奖章、瑞典皇家科学院克拉福德奖以及京都基础科学奖等。他还著有《振荡力学》《大气环流的低阶模式》《用大的数值模式进行大气可预测性试验》等著作。

作为气象学家，洛伦兹为了预报天气变化，会经常利用计算机的高速运算来计算一些方程式，以便得到的更为精准的数值，提高较为长期的天气预报的准确度。

1963年的一天，洛伦兹来到自己在麻省理工学院的工作室，这天的工作是用计算机求解仿真地球大气的13个方程式。为了更细致地考察结果，在这次科学计算时，他对初始输入数据的小数点后第四位进行了四舍五入。

做完这个工作之后，他只需要等待计算机自行运算出结果就可以了。于是，洛伦兹就和同事出去喝咖啡了。而当他喝完咖啡回来，再看计算机得出的结果时，不禁大吃一惊：他本以为计算结果只会有很小的差异，没想到居然相差了十万八千里。

只不过是稍微改动一下小数点后面的数值，怎么会得到如此之大的差距呢？会不会是计算机出了问题？于是，洛伦兹又进行了一次验算，发现计算机并没有毛病。同时，他也意识到：虽然看起来他输入的数字只有微乎其微的变化，但就是这一点点的误差却会以指数形式增长。随着误差的不断推移，就会造成现在看到的这个有巨大差异的后果。

后来，洛伦兹在一次演讲中提出这一问题。他认为，在大气运动过程中，即使各种误差和不确定性很小，也有可能在过程中将结果积累起来，经过逐级放大，形成巨大的大气运动。所以想要长期准确预测天气是不现实的。洛伦兹又总结道：“事物发展的结果，对初始条件具有极为敏感的依赖性。初始条件下微小的变化能够带动整个系统的长期的巨大的连锁反应，使得事物的发展表现出强烈的复杂性。”这就是后来众所周知的“蝴蝶效应”。

故事启发

蝴蝶效应看似不可思议，但却真实存在。正是因为它的存在，我们才不能忽略任何看似不起眼的偏差。如果不对偏差及时修正、调节的话，任其长期发展下去，就可能会演变为巨大的误差，会给我们带来严重的危害，所以我们做任何事情都一定要注意着眼全局，要学会防微杜渐，避免出现“差之毫厘、失之千里”的结果。